KB056011

애견 속
인생 이야기

애견 속 인생 이야기

펴 낸 날 2014년 12월 17일

지 은 이   박기용
펴 낸 이   최지숙
편집주간   이기성
편집팀장   이윤숙
기획편집   주민경, 윤은지, 김송진
표지디자인 정종호
책임마케팅 임경수
펴 낸 곳   도서출판 생각나눔
출판등록   제 2008-000008호
주   소   경기도 고양시 덕양구 화중로 130번길 24, 한마음프라자 402호
전   화   031-964-2700
팩   스   031-964-2774
홈페이지   www.생각나눔.kr
이 메 일   webmaster@think-book.com

- 책값은 표지 뒷면에 표기되어 있습니다.
  ISBN 978-89-6489-329-6   03810

- 이 도서의 국립중앙도서관 출판 시 도서목록(CIP)은 서지정보유통지원시스템 홈페이지
  (http://seoji.nl.go.kr)와 국가자료공동목록시스템(http://www.nl.go.kr/kolisnet)에서
  이용하실 수 있습니다(CIP제어번호: CIP2014032612).

한국문화예술위원회 Arts Council Korea   부산광역시 BUSAN METROPOLITAN CITY   부산문화재단 BUSAN CULTURAL FOUNDATION

※ 본 도서는 부산문화재단 2014년 지역문화예술육성지원사업의 일부 지원으로 제작되었습니다.

애견 속
인생 이야기

박기용 지음

애견과의 삶을 소재로 한
감동 실화!!

생각나눔

현재 우리나라의 애견 인구는 약 천만 명으로 애견 숫자만도 삼백 오십만 마리에 달한다고 한다(한국애견협회 통계자료). 그리고 통계청 자료에 의하면 애견을 취급하는 동물병원 숫자도 무려 3,323곳에 달한다고 한다. 그런데도 지금까지 애견 사육과 질병, 훈련에 관한 책들은 있으나, 애견과의 삶을 소재로 한 책자가 없어 가슴 아프게 생각하던 차에, 이번 필자가 오랫동안 준비하여 온 자료를 토대로 하여 어렵게 이 글을 완성하였다.

여기에 실은 56편 대부분은 필자가 1978년 3월부터 1997년 11월까지 약 20년 동안 부산 서면에서 종견사란 상호로(1978~1983년까지는 유양동물병원도 겸하고 있었음) 애견센터를 운영할 때 있었던, 기쁘고 슬펐던 일과 에피소드들을 중심으로 엮은 것으로 지금은 이미 많은 세월이 흘러 아련한 추억이 되었는데도, 아직 잊히지 않고 항상 가슴에 남아 그때의 순간들이 주마등처럼 떠오르는 실제 이야기다.

수필(에세이)은 체험 중에서도 가치 있는 체험을 문학으로 승화시킨 것으로 독자에게 감동을 주고 오랫동안 여운을 남겨야 한다. 한마디로, 수필은 인간학으로서 인간 치료제라고 할 수 있다. 그러므로 수필가의 사명은 어떻게 살아가는 것이 인간답게 사는 것인지를 밝혀주는 데 있다고 할 것이다.

　필자의 이번 작품은 주로 애견을 매개로 한 사람과 사람 사이의 이야기를 소재로 한 것으로서, 특히 「B 아파트에서」라는 작품은 남녀 간의 묘한 애정 심리를 사실에 바탕을 두고 리얼하게 다룬 것인데, 요크셔테리어라는 애완견이 아니었다면 어찌 감히 외간 남자를 자기의 안방 침실까지 불러들일 수 있었겠는가. 이처럼 필자는 그동안의 통념을 깨고 수필도 소설처럼 스릴이 있고 재미가 있다는 것을 보여줌으로써, 독자들에게 즐거움과 감동을 주고 수필의 세계를 더 넓히고 정립하는 데 목적을 두었다. 아울러 천만의 애견 애호가들에게도 재미와 기쁨을 안겨주고 수많은 애견업 종사자들에게는 역동적이고 가슴 찡한 이 작품집이 그들에게 자긍심과 삶의 의욕을 북돋우는 지침서가 될 것을 확신한다.

필자가 애견업에 뛰어든 동기에 대해서도 잠시 언급할까 한다.

　어릴 때부터 동물을 좋아해서 토성초등학교 다닐 때는 학교 앞에서 병아리를 사기도 하고, 경남중학교 다닐 때는 반 친구로부터 발바리 강아지 한 마리를 얻어와 키운 적도 있었다.

　필자가 종견사를 인수할 당시 빵을 만들어 판매하는 삼립식품 판매관리과 주임으로 근무하다가 몸이 아파 집에서 쉬고 있었다. 그런데 한 뼘 남짓하고 얼굴이 둥근 치와와의 매력에 빠져들어 서면 종견사에서 그 새끼를 구입한 것이 김창배 사장과 인연이 되었고, 초보자인 내가 강아지의 관리를 할 줄 몰라 몇 마리를 죽이자 그는 미안하다며 한 마리를 그냥 주기도 했다.

　1978년 2월 어느 날이었다. 김 사장으로부터 한번 만나자는 연락이 왔다. 그 당시에 유양동물병원도 같이 운영하고 있었는데, 며칠 후 종견사에서 그를 만났다. 그는 이런저런 이야기를 하다가 말을 꺼냈다. 혹시 종견사를 운영해 볼 생각이 없느냐는 것이었다. 자기는 이번에 가구업을 하게 되어 부득이 종견사에서 손을 떼게 되어, 대신 동물병원 L 수의사에게 사업을 넘겨주기로 하였지만, 수의사의 사정으로 약속한 기한을 넘기고 있어 인수를 하지 못하면 내가 인수를 해보는 것이 어떻겠느냐는 것이었다.

나는 뜻밖의 그 제의에 무척 당황하여 집사람과 의논해 보겠다며 집으로 돌아왔다. 그런데 끝내 원장은 종견사를 인수하지 못하였고, 처음에는 집사람도 내 마음을 이해하지 못해 애를 먹었으나, 결국 내가 1978년 3월 14일 종견사를 인수하였다.

끝으로, 책이 나오기까지 애써 주신 모든 분들에게 감사를 드리고 이 글을 쓰게 만든 내가 사랑했던 애견들에게도 고마움을 전한다.

2014년 10월 15일
저자 박기용

차례

애 견 속 인 생 이 야 기

7장

1장

B 아파트에서

미칠 것 같이 황홀하지는 않았지만, 순간적으로 한 여인에게 매료 되어 끓어오르는 남성의 욕망을 억누르느라 무척이나 애를 먹은 적이 있다.

1993년 여름 어느 날, 요크셔테리어 짝짓기를 시켜야 되겠다고 며칠 전에 애견센터에 와서 종견 몇 마리를 보고 간 30대 초반의 미모의 여 인이, 자기가 점찍어 놓은 수놈으로 내일 오전 11시경에 자기 집에 와 서 짝짓기를 시켜 달라는 것이었다. 위치를 물었더니 애견센터에서 제 법 떨어진 N 동에 있는 B 아파트 8층이라고 하였다.

다음 날 내가 그 수놈 종견을 가지고 B 아파트에 가서 초인종을 누 르자, 여인은 자다가 일어났는지 한참 후에 앞가슴 쪽이 많이 파인 연 한 핑크색 잠옷 차림으로 나와서는 자기의 안방으로 나를 안내하였 다. 거기에는 베이지색 침대가 놓여 있고, 여인이 그 침대 이불 밑을 들추자 얼굴이 둥글고 털에 윤이 반질반질 나는 자그마한 순종 암놈 이 기저귀를 차고 자고 있었다.

상태를 살펴보자 시기가 아주 좋아 짝짓기시킬 곳을 물었더니 그

자리에서 시키자는 것이었다. 여태까지 아파트에서 짝짓기를 시킬 때는 대부분 응접실에서 시키지 않았던가. 그런데 오늘은 미모의 젊은 여인 혼자만이 있는 자기의 안방, 특히 이불이 깔려 있는 침대 옆에서 시키자고 하니 분위기도 그렇고 묘한 기분이 들었다.

짝짓기를 빨리 시키기 위해 내가 여인에게 암놈을 방바닥에 내려놓고 두 손으로 머리 부분을 꼭 잡으라고 하였다. 그러고는 가지고 간 종견을 내어놓자 요놈은 좋아서 난리인데, 암놈은 첫 경험이라 그런지 가만있지 않고 바둥대는 것이었다. 그래서 잠시 안정을 시킨 다음 다시 여인에게 암놈 머리를 꼭 잡게 하고 내가 뒤에서 짝짓기를 시키는데, 개들이 너무 작아 여인과 밀착하다시피 앉아서 시키다 보니 나는 눈을 어디에 맞추어야 될지를 몰라 당황하다가 아래로 내려다보는 순간, 잠옷 사이로 여인의 몽실몽실한 어여쁜 젖가슴이 훤히 드러나 보이는 것이 아닌가.

그 순간 나는 깜짝 놀랐지만 내색을 하지 않고 한참 동안 여인의 젖가슴을 훔쳐보자 괜히 가슴이 두근거리기 시작하였다. 그리고 아름다운 미모, 늘씬한 몸매, 보송보송한 피부 등은 나의 마음을 완전히 사로잡았다. 애완견이 아닌 나 자신이 여인을 갖고 싶었다. 눈을 감고 살며시 여인의 입술에 내 입술을 포개어도 가만있을 것 같았다. 아니, 손을 내밀어 옆의 침대로 끌어도 가만있을 것만 같았다.

여인도 나의 마음을 아는 듯 한 번씩 숨을 가쁘게 쉬며 감정을 억제

하지 못하고 야릇한 표정을 짓는 듯하였다. 하지만 끓어오르는 남성의 욕망을 억누르느라 나의 얼굴은 붉어지고 몸에서는 땀이 계속 배어 나왔다. 정말 참기 어려웠다. 그렇게 만감이 교차하는 동안 아쉽게도 짝짓기가 끝이 났다.

여인이 나에게 말했다. "짝짓기시키기가 정말 힘드시죠?"

"땀을 많이 흘리시네요. 시원한 냉커피 한잔 타 드릴게요."

작별 인사를 받으며 여인의 아파트를 빠져나왔을 때 냉커피를 마셨는데도 땀은 계속 흘러내리고 하늘은 노랗게 변해 있었다.

🐾 서울, 1984년 겨울

살다 보면 예기치 못한 일로 오해를 받을 때가 있다. 서로 가정이 다른 남녀가 밤에 두서너 시간을 같이 지내야 하겠기에 여관을 찾을 때 남들의 눈에는 어떻게 비칠까?

1980년대 들어서부터 요크셔테리어를 중심으로 털이 많은 애완견들이 서서히 유행하기 시작하였다. 부산에서도 예외가 아니어서 여러 곳에서 번식시키는 사람이 생겨나고 강아지를 구입하겠다며 선금을 맡겨 놓기까지 하면서 인기가 치솟고 있었다.

1984년 겨울, 미모의 P 여사가 요크셔테리어 번식견 서너 마리를 구입하고 싶다고 하여 서울에 연락하였더니, 충무로에서 번식을 하는 L 여사가 구해 주겠다고 서울로 올라오라고 해서 P 여사에게 전화로 서울에서 가져오겠다고 하자, 실물을 봐야 한다며 기어이 서울에 같이 가겠다는 것이었다. 그런 이유로 여사와 같이 서울을 가게 되어 나는 아침 첫 열차로 갔다가 저녁에 오자고 하자, 여사는 사정이 있어 밤 11시 새마을호 열차로 갔다가 돌아오자며 자기 표도 같이 구입해 달라는 것이었다.

서울 가는 날, 나는 20분 전에 부산역에 미리 가서 기다렸지만 여사는 열차가 떠나기 전에 겨우 도착하여 애를 태웠고, 여사의 미안하다는 말을 들으며 우리는 헐레벌떡 열차에 올라 나란히 자리에 앉았다. 그런데 늦은 시간이라서 그런지 열차 안은 무척이나 조용하여 숨소리만 들리는 것 같았다.

열차가 출발하자 여사가 작은 목소리로 애완견 번식을 몇 마리만 해도 아이들 학비는 문제가 없다는데 그게 맞는 말이냐고 묻는 등 이런저런 이야기를 하다가, 늦게 가는 이유가 새벽에 도착하면 이 집 저 집에서 많은 요키(요크셔테리어 애칭)를 보고, 마음에 드는 놈을 골라 구입하는 데 여유가 있기 때문에 잠자는 시간을 이용했다는 것이었다. 그때야 나는 그녀가 욕심도 많고 번식을 하는 데 기대도 많이 가지고 있다는 것을 알 수 있어 도와주고 싶은 생각이 들었다.

열차가 대구를 지나 대전이 가까워져 오자 차창밖에는 눈발이 날리기 시작하였다. 문득 어제 아침 일기예보에서 중부지방에 눈이 많이 온다는 말이 생각나 무척 걱정이 되었다. 눈은 서울이 가까워질수록 점점 큰 송이로 내렸고 이른 새벽에 서울역에 도착했을 때는 함박눈이 펑펑 쏟아졌다.

우리는 L 여사 집에 가기는 너무 이르고 역 근방에서 같이 있기도 무엇해서, 일단 충무로에 있는 L 여사 집 근처에 가서 쉴 곳을 찾아보기로 하고 택시를 탔다. 하지만 막상 그곳에 내리고 보니 눈이 많이 오는 날이라 그런지 커피숍, 식당 등이 모두 문을 닫아 영업을 하는 곳이 없었다.

눈은 계속 내리고 날도 추워 정처 없이 밖에서 지체할 수가 없어, 우리는 여관에라도 들러서 몸을 녹인 다음 L 여사 집으로 가기로 하고 가까운 곳에 있는 장여관을 찾았다. 그러나 거기에는 손님이 차서 방이 없단다. 또 다른 여관을 찾았으나 역시 마찬가지였다. 눈 내리는 날엔 왜 그리 사람들이 많이들 들어가는지……. 그 부근은 여관도 많이 없었다. 그렇게 또 다른 몇 군데를 들르는 사이에 여사와 나는 눈을 흠뻑 맞아 추위에 떨고 있었다.

마침 그때 또 한 곳의 장여관이 눈에 띄었다. 여관 문을 두드리며 사정을 이야기하자 그때야 빈방이 있다는 것이다. 나는 지금 잠을 청할 것도 아니고 조금 있으면 아침이기에 방 두 개가 필요 없을 것 같아 방 하나만 달라고 했다. 여사도 아마 같은 생각인지 아무 말도 하지 않아 우리는 주인의 안내로 어느 방으로 들어갔다.

방에 들어서자 나는 세면장의 타월을 여사에게 건네주며 젖은 몸과 옷을 닦게 하고 내가 먼저 세수를 하였다. 나와 여사는 지쳐 있었지만, 서로가 가정을 가진 데다 또 서로를 잘 알지 못하는 남녀이기에 옷을 벗을 수도 이부자리를 펼 수도 없었다. 서로 젖은 상의만 벗어 걸어두고 두 사람 다 그대로 벽에 기대어 지그시 눈을 감았다. 하지만 바깥에서 추위에 언 몸이 따뜻한 방바닥에 닿아서인지 저절로 나른

해져 나는 그 순간 깜빡 잠이 들었는데, 눈이 번쩍 띄어 시계를 보니 벌써 7시 30분을 지나고 있었다. 여사도 피곤했는지 어느 때부터인지는 몰라도 이부자리를 펴고 살포시 잠들어 있었고, 그 모습은 무척이나 예쁘고 사랑스러워서 차마 깨우기가 죄스러울 정도였다. 하지만 살며시 흔들어 깨워 서둘러 그곳을 나올 때 왠지 주위의 시선이 신경 쓰였다. 드넓은 서울, 그것도 이른 겨울 아침이지만 혹시나 우리를 알아보는 이가 있을까 싶어서…….

근처 식당에서 간단히 아침 식사를 하고 L 여사 집으로 갔다. 마침 L 여사가 우리를 반갑게 맞이하고는 자기 집안의 번식장으로 우리를 안내하였다. 그런데 거기에는 덩치가 제법 큰 멋진 요키 번식견 세 마리가 있지 않은가! 여사는 그제야 시름을 잊은 듯 L 여사의 조언을 귀담아듣고, L 여사가 거처하는 방으로 와서는 맥이 풀린다며 다시 잠시 잠을 청하는 것이었다. 그녀도 내색은 안 했지만, 외간 남자와 한방에서 지낸 몇 시간 동안 많이 긴장하고 있었던 모양이었다. 애견 사랑이 얼마나 지극했으면, 피치 못할 상황이라지만 한 남자와 여관까지의 동행도 불사할 수 있었을까?

그 사이에 L 여사가 서울역에 가서 우리의 열차표를 사 가지고 왔다. 시간을 맞추느라 집 앞 갈비집에서 점심 대접을 받고 그때야 우리는 눈 내리는 서울을 뒤로한 채 다시 부산으로 향했다.

그 후 여사는 애완견 번식가로서, 자긍심과 능력까지 갖춘 데다 지

知와 미美를 같이하여 다른 이들보다 깔끔하고 혈통이 좋은 우수한 애완견을 많이 번식시켰다. 그러나 90년대 중반 여사가 애완견 번식을 접게 되면서 소식이 뜸하다가 종내는 뚝 끊어져 버렸다. 그 후 많은 시간이 흘러 나도 애견 일을 정리하고 다른 일을 하고 있지만, 지금도 겨울이 되면 1984년 겨울의 그날 새벽 풍경과 그녀 얼굴이 함박눈처럼 포근하게 내 마음을 적시곤 한다.

🐾 열차에서 만난 사람

우리는 세상을 살아가면서 여러 사람을 만난다. 그중에는 가슴 설레는 이성과의 만남도 있다. 이 아름다운 만남은 헤어져서 아쉽고 그리움을 더한다.

1995년 5월, 나는 사단법인 한국애완동물보호협회(현, 한국애견연맹)에서 주최하는 '전국 애완견 전람회'에 심사위원 자격으로 서울을 가게 되어 새마을호 왕복표를 미리 사 두었다.

서울 가는 날, 약 10분 전에 부산역에 도착하여 열차의 지정 좌석에 앉아 상쾌한 마음으로 혼자만의 여행을 즐기고 있었다. 열차가 동대구역에 도착하자 어떤 군인이 다가와 경례를 하면서 자기의 좌석이니 비켜달라는 것이었다. 내가 잘못 앉았나 싶어 호주머니에 넣어둔 열차표의 좌석 번호를 확인해 보았다. 분명히 내 좌석 번호가 맞아 군인에게 보여주자 그 군인도 자기 표를 보여주는데 공교롭게도 같은 좌석 번호였다. 나는 어이가 없어 그 군인에게 전산착오인 것 같으니 어디 빈자리가 있는지 찾아보라고 하였다.

그런데 잠시 후 그 군인이 여객 전무와 같이 왔다. 여객 전무가 두 사람의 표를 확인하고는 뜻밖에도 내 것이 다음 날 오전 11시에 출발하는 표라는 것이 아닌가. 나는 너무나 기가 막혀 여객 전무에게 항의하였으나 소용이 없었다. 그 여객 전무는 들고 있는 표지판에 무엇인가를 적고는 혹시 빈자리가 있으면 연락하라고 하였다.

하는 수 없이 내 자리를 비켜주고 빈자리를 찾아보았으나 만 원이었다. 다른 호실 몇 군데를 둘러보아도 거기도 마찬가지였다. 그냥 서서 갈 수는 없어 식당차로 가서 둘러보아도 그곳도 자리가 없었다.

그런데 마침, 미모가 빼어난 40대 초반의 여인의 앞자리가 비어있었다. 나는 그녀에게 다가가 "앉아도 될까요?" 하고 조심스레 물었더니 그녀는 말없이 고개만 끄덕였다. 자리에 앉자마자 지적으로 생긴 우아한 그녀의 용모에 매료된 탓인지 가슴이 설레기 시작하였다. 나는 햄버그 스테이크와 맥주 한 병을 시켰다. 열차를 탈 때는 가끔 식당차 안에서 이렇게 식사를 하면서 창밖의 풍경을 감상하는 것이 내 취미이기도 하기 때문이다. 식사와 술이 나오고 내가 술을 한잔하면서 그녀에게 말을 건넸다.

"식사를 하셨습니까?"라고 하자 엷은 미소를 지으며 역시 고개를 끄덕였다.

"그럼 맥주 한잔하시겠습니까?" 하고 권해보았으나 살며시 손을 저었다.

"그럼 음료수라도 한잔하시지요?"라고 하자 나를 잠시 훔쳐보더니 고개를 끄덕였다.

　그래서 맥주 한 병과 음료수를 더 시켜놓고 그녀와 대화가 시작되었다. 내가 먼저 군인과 좌석 때문에 벌어졌던 이야기를 하자, 자기는 동대구역에서 탔는데 역시 사정이 있어 서울까지 식당차 안에서 갈 계획이라고 하였다.

　좌석이 없는 나에게 참 잘된 일이었다. 나는 명함을 꺼내 그녀에게 건네면서 내일 서울에서 열리는 애완견 콘테스트에 심사를 하러 부산에서 서울로 가는 길이라고 하자, 자기는 고등학교 다니는 딸이 서울에서 공부를 하는데 계절이 바뀌어 봄 이불을 가지고 가는 길이라고 하였다.

　'죄송하지만 적당한 호칭이 생각나지 않아 그러는데 혹시 성씨가 어떻게 되는지요?"라고 내가 말하자 K 여사라고 하였다. K 여사와 같이 이 이야기 저 이야기하면서 즐거운 마음으로 가게 되어서인지 금방 서울에 도착하였다. 나는 아쉬움에 K 여사에게 부산에 올 기회가 있으면 바닷가에서 생선회를 대접하고 싶다고 하였다. "예, 그렇게 하지요."라며 K 여사는 용산역에서 먼저 내리고 나는 서울역에서 내렸는데, 그때의 내 마음은 살포시 터지려는 꽃봉오리처럼 이루 형언할 수 없었다.

　그 이후 한동안 K 여사의 환상에 휩싸여 살았다. 봄이 가고 여름이 지나 서서히 K 여사를 잊어가던 9월 어느 날 호출기가 울리기 시작하였다. 발신 번호로 전화를 하자 뜻밖에도 K 여사였다. 정말 반가워 흥분을 감출 수가 없었다. 며칠 전에 국제시장에서 물건을 하나 샀는데 그것이 마음에 들지 않아 바꾸러 왔다가 전화를 하게 되었다는 것이다.

나는 K 여사에게 연산로터리에 있는 P 호텔 커피숍으로 오라고 하고는 차를 가지고 1시 40분경 P 커피숍에 도착하자, 마침 K 여사가 커피숍으로 들어가고 있었다. 나는 호텔 앞에 급히 차를 세우고 막 자리에 앉으려는 그녀에게 "K 여사님!"하며 반갑게 인사를 하고 내 차로 가자고 하였다. 안전을 위해서 뒷좌석에 앉으라고 하여도 기어이 앞좌석에 앉는 K 여사에게, 송정 해변이 어떠냐고 하였더니 홍조 띤 얼굴로 고개를 끄덕였다. 그런데 어떻게 된 셈인지 눈 깜짝할 사이에 송정에 다다라 칠암까지 가자고 하자, 그러자고 하였다.

칠암 D 횟집에 도착하여 쪽빛 바다가 보이는 어느 자그마한 방 창가에 마주 앉아 싱싱한 회와 맥주를 시켜놓고 서로 이런저런 이야기를 하다가, K 여사가 오늘 만남도 열차 때문인데 결혼도 열차에서 만난 사람 때문이라며 자기의 결혼 이야기를 끄집어내었다.

그 당시 자기는 A 대 운동선수였는데, 어느 날 볼 일이 있어 서울에 갔다가 열차로 돌아오는 길에 서울에서 부산으로 출장을 가던 젊은 분이 자기에게 마음을 빼앗겨 무려 3년 동안을 쫓아다녔으나 반응이 없자, 나중엔 둘 사이를 가깝게 해달라고 대구에 사는 친구를 소개하였지만, 그 친구도 자기에게 마음을 빼앗겨 어느 날 그분을 구실로 자기를 승용차에 태워 야외로 나가, 그날 집으로 돌아오지 못하고 친구 분과 결혼을 했다는 것이다.

K 여사와 나는 오래된 연인 사이처럼 이야기를 한참 동안 나누다가 창밖을 보니 어둠이 깔려 있고, 시계는 벌써 저녁 8시를 가리키고 있었다. 우리는 서둘러 D 횟집을 빠져나와 부산역으로 향하였다. 송정 해수욕장 입구에 검문소가 있어 걱정이었다. 술은 조금밖에 마시지 않았고 시간도 제법 되었지만, 혹시 단속에 걸리지 않을까 하고……. 하지만 무사히 부산역에 도착하여 서로 작별의 손을 내밀었다. 나는 K 여사의 손을 잡는 순간 전율을 느꼈다. 'K 여사 역시 마찬가지였으리라.' 다음에 꼭 부산에 와서 연락을 하겠다는 K 여사를 뒤로한 채 미끄러지듯 부산역을 빠져나왔다.

그 후 7개월이 지난 1996년 4월 어느 날 오후, 기다리던 K 여사로부터 연락이 왔다. 볼일이 있어 부산에 왔는데 잠깐 뵙고 갔으면 한다는 것이었다. 그러나 나는 그날 창원에 머무는 중이라 그 시간에 갈 수가 없었다. 정말 안타까웠다. K 여사는 못내 아쉬워하며 말을 이었다. "서울에 있는 딸아이는 원하는 대학에 들어갔습니다. 다음에 올 때는 꼭 제가 식사 대접을 할게요."라고……. 그러고는 그 이후 서로 만나지 못했다.

97년에 내가 애견센터를 정리하고 호출기도 휴대폰으로 바꾸었으니 연락할 길이 없었을 것이다. 그러나 지금도 송정 앞 바닷가를 지날 때면 스쳐 간 K 여사와의 추억이 아련히 떠오른다. 만났다가 헤어지는 것이 우리의 인생이다. 하지만 아름다운 만남은 기억 속에 잘 지워지지 않는다. 더군다나 열차처럼 떠나버린 미완성의 만남은 아쉬움에 더욱더 자신을 안타깝게 한다.

오는 주말에는 송정 해변으로 가 보아야겠다. 여름 햇살에 눈이 시리도록 바다는 푸르고, 파도소리에 실려 오는 바다 내음은 더없이 싱그러울 것이다.

🐾 오수의 개

관광버스가 전북 임실군에 가까웠을 때 기사로부터 오수의 의견義犬에 대한 설명을 들었다. 의견에 관한 이야기는 내가 초등학교 다닐 때 선생님으로부터 들어본 적은 있지만, 갸륵한 개의 죽음을 기리는 의견의 비가 전북 임실군 둔남면 오수리에 있다는 것을 알고 무척 놀랐다.

임실군은 산 좋고 물 좋고 인심이 아주 좋은 곳으로 내가 오랫동안 살았던 부산진구와 자매결연을 하고 있다. 게다가 봉사단체인 "바르게살기운동 부산진구협의회" 회장직을 내가 8년 동안 맡고 있을 때에, 우리 회원들과 같이 해마다 그곳 초등학교 두 곳을 방문하여 학생들을 격려하였는데, 2007년 11월에 관촌, 오수 초등학교를 마지막으로, 14개 학교를 모두 방문하여 가슴이 뿌듯하고 더욱 정감이 가는 고장이다.

그런데 이번에 내가 애견에 얽힌 이야기책을 내면서 오수의 의견에 대해서도 글을 쓰기로 하였다. 이 글은 임실군 오수면 면사무소에서 직접 나에게 보내온 여러 자료 중에서 동강東岡 류선진柳宣縝 선생의 의견비義犬碑와 견분곡犬墳曲이란 글을 토대로 적은 것이다.

오수역에서 동남 방향으로 약 700미터를 가면 원동산園東山이라는, 아담하게 가꾸어진 공원이 자리 잡고 있다. 공원 정문은 원동산이란 현판이 걸려 있고 골개와 지붕에다 단청이 산뜻하게 되어 있어 이곳을 돌보고 있는 손길들이 있다는 것을 말해주는 듯해서 마음이 가벼워지는 것 같았다.

정문에 들어서면 그 안쪽 비각이 서 있는 지점까지 약 100미터는 석면 진입로가 깔려있고, 그 길 양쪽으로는 상록의 사철나무들이 규모 있게 심어져 있어 마치 의견의 아름다운 전설이 젊게 살아 있다는 감회를 더해 주었다. 그 석면 길을 통과하면 화강암 석축으로 일곱 계단을 쌓아 올리고 그 위에 사방 열 자 정방형으로 곱게 단청된 비각이 높다랗게 세워져 있다. 그 비각 내에는 높이 2미터, 넓이 1.2미터의 비석이 세워져 있다. 시설로 보아도 어떤 효자, 효부, 열녀 비각보다 이만한 대규모의 비각은 여태껏 본 일이 없다.

공원 정문 우편에는 오석으로 축대가 높이 쌓여 있고, 그 위에 5척의 비분을 담은 비석이 세워져 있으며, 그 비각 좌편에 의견 동상이 5층 석축 위에 자리하고 있다. 또한, 몇 아름드리 느티나무가 천여 년을 지키고 서 있다. 그런데 이 의견비에 대해서 탐문하여 만난 심봉무沈奉茂 씨는 다음과 같은 유래를 전해 주었다.

우리나라 고전에 얽힌 「견분곡」의 노래는 「백제향곡百濟鄕曲」과 「고려악보」에도 나와 있으나, 그 발상지가 오수라고 가람 이병기李秉岐박사가 고증한 바 있다고 한다. 고려 23대 고종 때 문신으로 행정력이 뛰어난 최자(崔滋 1188~1260)가 쓴 「보한집補閑集」 중군에 다음과 같은 한서가 있음을 알아냈다.

지금으로부터 천여 년 전에 오수에서 약 3~4킬로미터 떨어진 거령현 지사랑이라는 마을(현 임실군 구사면 영천리)에 김개인金蓋仁이라는 사람이 살고 있었다. 끔찍이도 개를 사랑하는 그는 그림자처럼 따르는 충직한 개 한 마리를 기르고 있었다. 그는 어느 따뜻한 가을날 오수리 원동산 부근에 제사에 참여하여 친구들과 마신 술에 만취해 집으로 돌아가다가 길가 마른 잔디에 쓰러져 세상모르고 곯아떨어졌다. 충성스러운 개는 주인 곁에서 주인이 깨어나기를 기다리고 있었다.

그런데 난데없는 들불이 일어나 타들어 오기 시작했다. 그 영리한 개는 주인의 신변이 위급해짐을 느끼고 옷자락을 물고 흔들면서 위험을 알렸으나 주인은 잠을 깰 줄 몰랐다. 불길은 점점 거세게 다가오고 있었다. 어쩔 줄 몰라 하던 개는 냇가로 달려가 온몸에 물을 적셔 주인을 향해 타들어오는 불길 속으로 뛰어들어 뒹굴기 시작했다. 그러기를 수백 번, 개는 기진맥진 지칠 대로 지쳐 쓰러져 끝내 숨을 거두고 말았다.

잠이 깬 김개인은 자기를 살리기 위해 불길을 막다 지쳐서 죽은 개를 부둥켜안고 통곡하였다. 그는 그 개를 양지바른 곳에 묻어주고 애통함에 그 무덤 앞에 지팡이를 꽂고 「견분곡」이라는 시를 지어 읊었다. 그 후 지팡이에서 잎이 돋아나고 마침내 큰 수목으로 자라났다. 그때부터 거령이라는 지명을 '개나무 마을'이라고 하여 개 오 자와 나무 수 자를 따서 오수 獒樹라고 부르게 되었다.

이 한시는 진양공(최이: 崔怡)이 최자에게 그 전기를 지어 세상에 알리도록 하였으니, 세상의 은혜를 받은 자들에게 갚을 줄 알도록 하기 위한 것이었다고 한다. 이 지방 후대 사람들이 개의 의로운 죽음을 영원히 기리기 위해 '의견비'를 세우기에 이르렀고, 이렇게 해서 천여 년의 유서를 간직한 채 이 지방의 상징으로 전해 내려오고 있으며, 1975년 9월에는 의견 비각과 의견 동상이 세워지고 원동산 공원이 조경 미화되었다고 한다.

주인의 생명을 구하기 위하여 한 마리의 개가 바쳤던 숭고한 희생정신은 요즘의 비정한 현실에 비추어 볼 때 우리 인간에게 많은 점을 느끼게 하는 미담임에 틀림이 없다. 어찌 보면 개만도 못한 인간이라는 말도 함부로 써서는 안 될 성싶다.

종견種犬

여기에서의 종견은 말 그대로 종족을 퍼뜨리는 애견의 수놈을 말한다. 애견센터나 번식장의 성패가 종견에 달렸다고 해도 과언이 아니다.

책자에 의하면 1976년경에 영국에서 일본의 애견센터가 우리나라 돈으로 약 오천만 원에 수입한 포메라니안 종견이 있는데, 그 당시 대부분의 일본 애견가들은 그 애견센터 사장을 정신 나간 사람이라고 비아냥거렸다. 하지만 그 종견이 일본에 우수한 자견을 퍼뜨려 포메라니안 수준을 크게 향상시키자, 그 애견센터는 일본에서 가장 유명하게 되었고, 그 덕분에 그도 중의원에 당선되기도 하였다. 우리나라에도 애견 애호가들이 많다. 그중에는 먼저 원로 톱스타 김지미 씨의 형부인 한국애견협회 전창수 초대 회장, 삼성그룹의 이건희 회장, 고명천 선생님 등을 들 수 있으며, 탤런트 노주현 씨도 애견 애호가다.

종견은 죽을 때까지 영원히 종견의 가치를 가지는 것은 아니다. 한국애견연맹 규정을 보면 혈통서의 종견 인정은 셰퍼드 등 대형견은 생후 24개월, 진돗개 등 중형견은 18개월 이상이다. 치와와 등 소형견은 12개월 이상으로 되어있었으나 지금은 삭제되었다고 한다. 그러나 한국애견협회는 소형견의 12개월 규정을 엄격히 적용하고 있다는 것이다. 어떻든 간에 소형견은 넉넉잡아 그로부터 약 6년 정도가 종견으로서의 전성기이다.

개의 수명은 보통 12~15년인데 10년이 지나면 노견으로 들어간다. 애견과 사람의 나이 분석표를 살펴보면 다음과 같다.

애견	사람	애견	사람
1개월	1세	4년	32세
2개월	3세	5년	36세
3개월	5세	6년	40세
6개월	9세	7년	44세
1년	17세	8년	48세
1년 6개월	20세	9년	52세
2년	23세	10년	56세
3년	28세	11년	60세 이상

그렇다면 소형견의 종견 전성기는 사람의 17~44세까지와 같은 것을 알 수 있다. 물론, 체질에 따라 다소 차이 있을 것이다. 치와와 등 소형견의 경우 우수한 종견은 자기 자식처럼 아끼며 함부로 짝짓기를 시키지 않는다. 작은 체구에도, 짝짓기를 오래 하므로 체력의 소모가 심하기 때문이다. 애견센터의 경우 인기 있는 종은 챔피언 경력이 있는 견에 짝짓기 주문이 집중된다. 그러나 그것을 다 감당할 수 없고

종견도 지쳐서 거부 반응을 보일 때가 있으므로 같은 종류의 종견을 몇 마리 더 갖춰놓고 체력관리에 신경을 써야 한다.

수놈은 항상 짝짓기가 가능하지만, 대부분의 암놈은 수놈과 서로 어울리다가 친해졌을 때 짝짓기에 응한다. 하지만 애견센터에서는 어울릴 시간이 없으므로 나는 대부분 주인이 암놈의 머리를 잡게하고 내가 암놈의 뒷다리를 잡고 조정을 하면서 짝짓기를 시킨다. 수놈은 페니스 뒷부분에 마디가 있는데 발기가 되면 그것이 동그란 링처럼 커진다. 개가 짝짓기를 할 때 수놈의 페니스가 암놈의 질에서 빠져나오지 못하는 것도 수놈의 페니스가 발기가 되어 링이 질 안에서 커져 있기 때문이다. 그러나 간혹 암놈 중에는 수놈의 발기가 수그러졌는데도, 암놈 자체가 놓아주지 않아 종견이 무리하게 기운을 빼앗겨, 빼려고 애를 쓰는 것을 볼 때 측은해서 가슴이 아플 때가 있다. 치와와 '도비'의 죽음이 좋은 예다.

수놈은 발기가 되면 항문 부위를 볼록거리면서 사정을 시작하고, 짝짓기가 끝날 때까지 여러 번 사정을 한다. 암놈은 수놈이 사정할 때 같이 항문 부위를 볼록거리는 놈도 있고, 그렇지 않은 놈도 있다. 아무튼, 수놈의 항문 부위가 볼록거리지 않는다면 사정을 하지 않는다고 보아도 무방하다. 수놈의 페니스가 암놈의 질 안에서 정상 발기가 되면 링 때문에 빠져나오지 못하고 오래 붙어 있다. 그래서 나는 간혹 그 동그란 링이 질에 들어가지 못하도록 링 앞부분까지만 삽입시키고,

어느 정도 사정을 하였을 때 페니스를 놓아 서서히 빠져나오게 하였다. 그렇게 하면 수태에도 지장이 없고 체력 소모도 줄일 수 있기 때문이다.

하지만 무엇보다 손님과의 신뢰가 있어야 한다. 잘못하면 거짓 짝짓기를 시킨다는 오해가 있을 수 있어 반드시 짝짓기를 시키고 있다는 것을 확인시켜 주어야 하고, 짝짓기가 끝나면 암놈의 뒷다리를 2~3분 정도 들어주게 하여 페니스가 질에 들어가지 못한 만큼 정충이 충분히 들어갈 수 있도록 한다. 그러나 중형견이나 대형견은 체구가 크기 때문에 그렇게 하기가 힘들어 잘 시도를 하지 않는다.

한 가지 재미있는 현상은 진돗개 짝짓기를 시키러 갈 때 대부분 용달차를 이용하는데, 집 앞에 용달차가 오면 서로 가려고 펄쩍펄쩍 뛰고 차 위에서도 난리 법석이지만, 짝짓기가 끝나고 돌아올 때는 축 처져서 쥐 죽은 듯 조용하고, 그날 저녁에도 힘없이 엎드려 있거나 앉아 있다. 아마 짝짓기에 체력을 많이 소모했기 때문이 아닌가 싶다.

이참에 암놈의 짝짓기 시기와 출산에 대해서도 잠시 언급하고자 한다. 암놈은 수놈과 달리 발정이 와야 짝짓기가 가능하고 나의 오랜 경험에 의하면 짝짓기 적기는 대부분 출혈이 있는 날로부터 12일째 되는 날이라고 할 수 있다. 그 시기가 되면 붉은색의 출혈이 아주 엷게 변하고 그곳 부위를 손으로 살짝만 건드려도 꼬리를 좌우 반대편으로 비켜주며 응하는 자세를 취한다. 짝짓기는 10일, 12일 두 번을 시켜주는 것이 이상적이지만 적기가 맞으면 한 번만 시켜도 된다. 출산은 수태일로부터 62일째 되는 날인데 대형견의 경우에는 대부분 그날을 채우지만, 소형견의 경우에는 2~3일 정도 일찍 출산하는 경우가 많다.

　종견들은 세월이 흐르면 제구실을 못하는 놈들이 많다. 처음에는 불쌍히 여기다가 날이 갈수록 미운털이 박혀 밥만 축낸다고 구박을 받기도 한다. 그것은 누구나가 다 느껴 봄직도 한데 어찌 되었거나 지금 당장 덕을 보여주는 놈에게 마음이 더 가는 것이 아니겠는가.
　한 번은 이런 일이 있었다. 치와와 수놈을 종견으로 쓰려고 구입하였더니 짝짓기가 서툰데다 쭈그리고 앉아 있기만 하고, 겨울에는 무척 추위를 타므로 집사람은 그놈을 아주 미워한 것 같다. 어느 늦은 봄날, 내가 없는 사이 집사람은 그놈을 애견센터에서 멀리 떨어진 어느 동네에 가서, 집이 크고 마당이 넓은 부잣집에 살짝 넣어 놓고 온 것이다. 그로부터 열흘쯤 지나서 중학생으로 보이는 남자아이가 치와와를 팔려고 왔다며 품 안에서 내려놓는데 바로 그놈이었다. 그동안 따뜻한 데서 잘 거두어 먹였는지 아주 다른 모습으로 변해 있었다. 나는 순간 죄를 지은 것 같아 얼른 그놈을 샀다. 그러고는 집사람에게 다시금 그놈을 잘 보살펴 달라고 부탁했다.
　아무튼, 종견은 보통 개보다 대부분 수명이 짧고 특히 털이 짧은 소형견의 종견들은 나이가 들면 겨울에는 추위에 아주 약하며 뒷다리를 못 쓰는 경우가 많은데, 과유불급過猶不及이 이런 경우에 딱 들어맞는 말이라고 나름 해석을 해본다.

🐾 충견의 죽음

우리나라 천연기념물 제53호로 지정된 진돗개는 민첩하고 슬기롭고 용맹하며, 청각 후각이 아주 발달해 있는데다, 충성심이 강하여 주인에게 정성을 다하고 성질이 깔끔하여 아무 데서나 용변을 하지 않아 사냥은 물론 애완견이나 경비견으로 두루 활용되고 있다.

1979년 봄, 연례행사로 광견병 예방접종을 실시하고 있었다. 줄을 서서 차례를 기다리는 개 중에는 눈에 띄는 개들이 간혹 있었지만, 그 중에서 진돗개 황구 수놈 한 마리가 유독 나의 시선을 끌었다. 나는 나도 모르게 그놈에게 다가가 한참을 살펴보았더니 전형적인 진돗개의 두상에다 예리한 눈매며 잘빠진 체구가 손색이 없는 종견 감이라, L 수의사에게 그놈에 대한 칭찬을 늘어놓았더니 자기도 같은 생각이라는 것이었다.

그 당시 종견사에는 K 사장이 일본에서 수입한 독일산 셰퍼드 '치코'라는 훈련 챔피언이 있었고, 소형견들은 외국에서 수입한 종견들이 한두 마리 있었지만, 진돗개 종견은 마땅치 않아 고심하던 터였다.

예방접종이 끝난 후, 내가 수의사에게 그놈을 우리 종견으로 쓰고 싶다고 하자, 수의사는 나이가 두 살이라 종견으로 오랫동안 쓸 수 있지만, 혈통도 알아봐야 하니 자기에게 맡기라는 것이었다.

그러고는 수의사가 며칠 동안을 주인을 만나러 다닌 끝에 어렵게 승낙을 받아내어, 주인이 그놈을 우리 애견센터로 데리고 왔다. 주인은 정이 많이 들었다며 그놈에 대해서 많은 이야기를 하고는, 주인에게는 절대복종을 하고 용변도 밖으로 데리고 나가야만 보는 습관이 있다고 알려주었다. 이야기가 끝나자 주인은 애견센터 뒤쪽 우물가 옆에 나무로 짜서 앞면만 쇠창살을 세로로 지른 큰 애견 집에 그놈을 가두고, 줄은 앞으로 내어 쇠창살에 묶은 다음 밥그릇에 물을 담아 넣어주고는 차마 발길이 안 떨어지는지 한동안 멍하니 서 있다 쓸쓸히 떠났다.

그런데 밤이 되자 한 번씩 짖어, 환경이 바뀌면 성견들은 하루 이틀 정도는 밥도 먹지 않고 불안해하는 수가 있기에 그런가 생각하고 있었다. 한참이나 지났을까? 잠결에 마구 개 짖는 소리가 들려 잠을 깨었더니 역시 그놈이 짖고 있었다. 밖으로 나가 매를 들고 호통을 치자 조용해졌다. 이제는 안 짖겠지 하고 방으로 들어와 조용히 잠을 청하는데, 다시 큰소리로 짖어대는 것이 아닌가. 할 수 없이 그때부터는 날이 샐 때까지 매를 들고 그놈 앞에 서 있기를 되풀이하였다.

아침이 되어, 종업원 J 군이 빵을 하나 사서 창살 사이로 넣어 주었더니 먹지도 않고, 앞에 가기만 하면 으르렁거려 무서워서 용변을 보일 수가 없다는 것이었다. 그래서 용변은 다음에 보이라고 하고는 조용히 지켜보자, 낮에는 짖지도 않고 가만히 앉아 있기에 조금씩 안정이 되어 가는가 싶었다. 아니나 다를까. 밤중이 되자 또 그놈의 짖는 병이 도져 꼬박 이틀 밤을 설치고 말았다.

사흘째 되는 날, 오전 10시경 용변도 보고 스트레스도 풀라고 내가 문고리를 젖히자, 그놈은 재빨리 문을 박차고 나와서는 주위를 살피며 으르렁대는 것이었다. 그러나 몇 시간을 그렇게 두어도 용변도 보지 않고 먹지도 않아 다시 집에 넣으려고 하자, 털을 세우고 신경질적인 반응을 보이며 물려고 하여 혼이 났다. 나는 수의사와 J 군을 불러 셋이서 겨우 그놈을 다시 들어가게 하였다. 그렇지만 상황이 예사롭지 않아 점심을 먹으면서 수의사와 의논을 하였다. 수의사도 내일까지 기다려보고 돌려주자는 것이었다.

그럭저럭 밤이 되었다. 이상하게도 그날 밤은 짖는 소리가 한 번도 들리지 않았다. 며칠째 잠을 설치는 바람에 컨디션이 안 좋았는데 조용히 밤을 지낸 덕분에 몸과 마음이 편안하였다. 그런데 이른 아침이 되자 뜻밖에 J 군의 다급한 목소리가 들려왔다. 아침밥을 주려고 나갔더니 그놈이 꼼짝을 하지 않고 있다는 것이다. 순간 큰일이다 싶어 황급히 밖으로 뛰쳐나갔더니 그놈이 창살을 물고는 죽어 있지를 않은가!

나는 그놈의 뜻밖의 죽음에 기가 막혀 말문을 잃었고, 주인이 그리워 목숨까지 내려놓은 그놈에 대한 애한 생각은 한동안 내 마음속 깊이 맺혀 있었다.

🐾 대통령과의 만남

노무현 전 대통령의 젊은 시절의 주관은 어떠했을까? 애견으로 인해 만난 그의 젊은 시절에 있었던 일화 한 장면을 여기에 소개한다.

1980년 전후로 기억된다. 그날 따라 좀 일찍 방에서 저녁 식사를 하고 있는데 애견센터 안이 시끄러워 내다보았다. 30대 중반의 젊은 남자 두 분이 치와와를 들고 와서 L 수의사와 다투고 있었고, 그중 한 분은 낮이 익었다.

식사를 하다 말고 나가서 이야기를 들어 보았다. 4개월 전에 45일된 강아지를 사가지고 가서 키웠는데, 지금까지 귀가 안 서니 돈을 돌려 달라기에 강아지를 살펴보자 귀가 죽어 있는데도 얼굴이 예쁘장한 암놈 강아지였다. 나는 그들에게 치와와 중에는 간혹 귀가 안 서는 놈들도 있으나 늦게 서는 수도 있으니, 넉넉하게 2개월만 더 기다렸다가 그때 가서도 귀가 서지 않으면 다른 놈으로 바꾸어 주겠다고 하였다. 수의사도 나의 말에 동조하면서 거들었다. 그런데도 그들은 막무가내로 당장 돈을 내어 달라고 하여 다시 옥신각신하게 되었고, 그들 중

성질 급한 한 분이 재떨이로 탁자를 내리쳐 그 위에 깔아둔 유리가 깨어지고, 나무로 장식된 벽면도 손으로 내리쳤다.

급기야 분위기가 험악해지자 수의사가 파출소에 연락을 하여 모두 파출소에서 조사를 받게 되었다. 그런데 조사를 받기 전 한 분이 담당자에게, "잠깐 전화 한 번만 하면 안 될까요?"라고 묻자 담당자가 "어디에 전화할 건데요."라며 고개를 끄떡이자, 어디에 전화를 하였는지 얼마 안 되어서 정장 차림의 남자 한 분이 오셨다. 아마 그들의 학교 동창 친구인 것 같았다.

그분은 들어서자마자, "노무현 변호사입니다."라고 인사를 하였다. 순간 나는 변호사가 친구들의 편을 들려고 온 것 같아 내심 걱정이 되었으나, 그는 서로에게 사건에 대한 자초지종을 듣고 난 다음

"애견의 잡종을 순종이라고 속여 판매하지 않은 이상, 귀가 죽었다는 이유 하나만으로 애견센터에서 애견에 대하여 변상해줄 의무가 없는 것으로 보이므로, 오늘 일은 없던 것으로 하고 서로 합의를 하면 좋겠습니다."라고 하면서 담당자에게도

"그것이 좋지 않겠습니까?"라고 말을 하는 것이 아닌가!

나는 그때, 우려와는 달리 친구의 편을 들지 않고 공정하게 자기의 의견을 제시하는 그를 주관이 뚜렷하고 합리적인 변호사라고 느꼈다. 그러나 그들이 몹시 서운해하자 변호사는 강아지는 가져가서 잘 키워보라고 하는 것이었다. 그런데도 그들은 끝내 그놈을 키우지 않겠다

고 내팽개쳐 할 수 없이 애견센터에서 키우게 되었고, 그로부터 약 1 개월 후 그놈은 귀가 쫑긋하게 서서 여러 사람들에게 귀여움을 독차지하였다.

그 후 친구인 J 변호사를 만나러 부민동 법원 앞 부산은행 건물 3층에 갔을 때 J 변호사 바로 옆 책상 위에서, "변호사 노무현"이라고 적힌 명패를 보는 순간 친한 친구를 오랜만에 만난 듯이 반가웠다.

그런데 훗날, 그분이 대통령이 되었을 때 나는 그때의 일을 떠올리며 스쳐 간 작은 인연이라도 소중하다는 것을 느꼈다.

아마 그는 애완견뿐 아니라 모든 동물을 사랑하기 때문에 수의사가 되었겠지만, 그 후 약사로 변신할 수도 있었다. 그래도 수고스러운 동물병원 수의사로 주저앉은 것을 보면 그가 애완견의 매력에 푹 빠졌기 때문은 아닐까? 옆에서 그를 지켜본 사람들은 이해하기가 힘들다고 하면서도 저절로 고개를 끄덕이기도 한다.

원장은 서울 필동에서 동물병원을 오랫동안 운영하였는데, 약력이 유별나다. 그는 우리나라의 최고 명문대인 S대 수의과대학을 졸업하고 동물병원을 개업한 후, 다시 그 대학교의 약학대학을 졸업하였다. 그러고는 10년쯤 지나 일본에서 미용전문학교를 나와 일본 미용사협회 1급 자격증을 취득하고, 오랫동안 애견 심사위원으로도 활동하였다.

원장을 알게 된 것은 내가 종견사를 인수할 때, 김창배 사장이 서울의 가까운 지인들에게 전화를 하여 소개를 받을 때였다. 그 후 서울 대한가축 서영진 사장 등으로부터 강아지를 가져올 때, 한번 인사를 하러 간다는 것이 그럭저럭 늦어지고 있었다. 그러는 사이에 부산에서도 애완견 붐이 일기 시작하고, 우리 종견사도 널리 알려져 단골손님도 많아지고 강아지를 찾는 사람들도 부쩍 늘어났다.

그러다 보니 서울에 가서 하루를 지내고 와야 할 때가 잦아지게 되어 그제야 원장을 찾아뵈었더니, 그는 나를 반갑게 맞이하고는 퇴근 후에 어느 식당으로 안내하여 저녁 식사까지 대접하는 것이었다. 그때 나는 원장이 연배인데다 술을 좋아하는 것을 알게 되었고, 원장도 내가 술을 좀 해서인지 마음을 열고 나를 오래된 지우처럼 대해주는 것이었다. 나도 온화한 성격에다 애완견에 지식이 많은 그와 빨리 친해지고 싶었다. 그렇게 해서 나와 원장과의 만남은 시작되었다.

그 후 나는 강아지 구입은 물론 종견들의 전국 애완견 전람회 출전으로 서울에서 하룻밤을 지낼 때가 더욱 많아졌다. 서 사장과는 업무상으로 낮에 함께하는 시간은 많았지만, 그는 항상 바쁘고 술을 못하는데다 외식도 좋아하지 않아 저녁에는 헤어져야 했다. 그래서 나 홀로 여관방에서 아까운 시간을 보내기보다는 전문가에게 많은 이야기를 들어 견문을 넓혀야 한다는 생각에 원장의 동물병원으로 자주 가게 되었다.

내가 원장을 만나러 갈 때는 낮에, 일과 후에 들르겠다는 전화를 미리 해두었지만 막상 마칠 시간보다 일찍 찾아갈 때가 많았다. 그럴 때는 원장에게 성가실 정도로 애완견에 관한 이야기를 들려달라고도 했고, 애견 책들을 끄집어내어 보기도 하면서 중요한 부분은 메모를 하기도 하였다. 원장 역시 2층에 있는 예쁜 애완견들을 구경시켜주기도 하였는데 원장이 좋아하는 토이푸들이 많았다. 한 번은 일본에서 혈통이 좋은 갈색 토이푸들을 수입하였다고 나에게 선보이며 자랑까지 하는 것이었다.

원장은 내가 찾아가는 날은 좀 일찍 문을 닫고 나와 같이 밖으로 나설 때가 많았다. 동물병원을 나서 충무로 쪽을 거닐다 보면 식당들이 나오는데, 먼저 구이집이나 설렁탕집에서 구이나 수육을 시켜놓고 술을 한잔하면서 서로 회포를 풀었다. 하지만 원장은 애주가라 한잔 술로는 집에 들어갈 리가 없어 우리는 부근에서 분위기가 좋다는 B 스탠드 클럽으로 자주 갔다.

그곳은 젊은 여자들이 구역을 정해 영업을 하였다. 그런데 어느 코너를 아주 예쁜 올드미스가 운영하여 언제부터인지 우리는 그 코너를 자주 갔다. 그녀는 다른 손님들보다 우리에게 더 많은 시간을 같이 했고, 하루는 영업을 마치고 셋이서 밖에서 한 잔을 더한 일도 있었다. 그러는 동안 나도 심사위원이 되어 심사위원 모임이나 협회에서 주관하는 심사위원 교육 때문에 해를 거듭할수록 우리의 만남은 잦아졌다. 그럴수록 나는 애완견 심사하는 법이며, 미용이며, 애완견에 대한 지식을 넓혀갔다.

어느 애완견 전람회 때의 일이다. 서울에서 전람회가 있다기에 우리 종견사의 토이푸들 종견 '미미'를 그 전람회에 출전시키기 위해 내가 미용을 직접 해서 하루 전날 서울에 데려갔다. '미미'를 본 원장은 미용이 마음에 들지 않는다고 다시 정성껏 예쁘게 다듬는 것이었다. 그러고는 '미미'를 병원 2층에 쉬게 하고 둘이서 한 잔을 하러 갔다. 술에 취해 몇 군데를 들르다 보니 다음 날 새벽 4시가 넘어서야 서로 헤어지게 되었고, 그날 오전 10시에 전람회가 시작되어 9시에 동물병원에서 만나기로 하였다.

그러나 시간이 지나도 원장이 오지 않아 부랴부랴 집에 전화하였더니, 그제야 깜빡 잠이 들었다며 허겁지겁 달려와서 전람회장으로 갔는데, '미미'가 밤새 불안했던지 한쪽 눈에 눈물이 고이면서 눈을 잘 뜨지 못하는 것이었다. 나는 걱정이 되어 안연고를 눈에 넣고 가제로 닦아낸 다음 꼭 껴안고 안정을 시켰다. 다행히 전국 챔피언은 먹었다.

그렇게 해서 나는 서울에서나 부산에서 애견가들에게 이름이 나기 시작했고, 심사위원도 되어 한동안 돈도 제법 많이 벌었다. 그것은 다 원장을 만나 그에게서 기초부터 배웠기에, 종견사를 비롯한 나의 위치를 꿋꿋이 지킬 수 있었던 것이 아니겠는가.

그런데 돌이켜보면 내가 서울에 머물 때마다 그는 거절하지 않고 나를 인정으로 베풀어 주었지만, 나는 그가 부산에 왔을 때는 변변한 대접 한번 못한 것 같다. 전람회가 끝나고 하룻밤을 지내고 가라면 항상 심사위원들과 같이 있다가 병원일 때문에 바쁘다고 바로 올라가기 일쑤였기 때문이다. 그 후 내가 애견센터를 정리하여 강아지를 구입하러 서울에 갈 일도 없고, 심사위원도 그만두게 되다 보니 원장을 뵈온 지도 벌써 오래되었다. 이 글을 쓰면서 서울에 있는 한국애견연맹 유경상 기술사무부장에게 전화하였더니 그 당시 이동칠 회장과 우인범 심사위원 등 몇 분은 돌아가시고, 원장은 모든 직에서 은퇴하였다고 한다. 더 일찍 원장을 찾아뵈울 것을…….

그런데 우리나라 애견인구 등을 알아보기 위해 한국애견협회에 전화를 하였더니 뜻밖에도 그 당시 사무원으로 근무하던 박애경 사무총장이 받아, 애견에 관한 모든 자료를 설명해 주면서 반갑게도 조병하 선생님은 아직도 건강하시다고 일러 주는 게 아닌가!

이 책을 내고 나서 책을 한 권 들고 꼭 원장을 찾아뵈어야겠다. 원장님! 건강이 허락한다면 우리 한번 만나서 마음껏 술 한 잔 마셔봅시다.

2장

🐾 위험한 욕망

우리 주위에는 사랑을 쟁취하기 위해서 폭력이나 약물의 힘을 빌리는 사람들이 있다. 그뿐만 아니라 자기 욕망을 그런 방법으로 해결하려다 법의 심판을 받는 사람들도 매스컴을 통하여 종종 접하게 된다. 그러나 서로의 애정이 아닌 방법은 환영을 받을 수도 없고 위험천만이 아닐 수 없다.

1979년 여름 어느 날, 저녁 8시가 넘어서자 30대 초반의 남자 한 사람이 동물병원 앞에서 서성이다가 안으로 들어왔다.

"수의사 계십니까?"라는 그의 말에 L 수의사가 용건을 물었다. 그는 한참 머뭇거리다가, 아버지가 돼지를 키우는데 돼지가 새끼를 가질 때가 넘었는데도 소식이 없어 발정제를 사러 왔다는 것이다. 수의사가, 요사이는 발정 유도를 약으로 하지 않고 주사로 하고 있어 내가 직접 가서 주사를 놓아 주겠다고 하자, 그는 잠시 생각하더니 집에 가서 아버지와 상의하여 다시 오겠다며 돌아갔다. 우리는 순간 눈을 마주하면서 그가 아버지의 심부름으로 온 사람이 아니라는 것을 금방 알아

차릴 수가 있었다. 겉으로 보아서는 큰 범죄를 저지를 인상은 아니고 평범한 '세일즈맨'으로 보였다.

그런데 며칠이 지난 어느 날, 같은 시간에 그 사람이 음료수 한 통을 들고 다시 나타나서 수의사에게 자기의 사정을 하소연하는 것이었다. 그의 이야기는 이러했다. 사실은 자기가 며칠 전에 발정제를 사러 온 것은 돼지 때문이 아니고 자기가 좋아하는 여자 친구 때문인데, 그녀는 자기를 결혼 상대자로 생각하지 않고 그냥 친구로 생각한다는 것이다. 하지만 그녀와 사귄 지가 제법 오래되어 주위의 친구들은 결혼할 상대인 줄 알고 있고, 부모님도 빨리 결혼하라고 성화여서 그녀를 확실한 자기 사람으로 만들어야 되겠다는 생각에 이렇게 찾아오게 되었다는 것이다. 그러고는 제발 자기 소원을 한번 들어 달라는 것이었다.

그러나 동정은 가지만, 그의 소원은 들어줄 수 있는 것이 아니지 않은가. 몇 년 전에 어느 젊은이가 자기 욕정을 채우기 위하여 여자 친구 모르게 음료수에 발정제를 과다하게 타서 복용시키자, 여자 친구가 혼수상태에 빠져버려 그것이 매스컴에 보도되었다. 그런 이유 등으로 동물병원에서 발정제 판매가 금지되고 대신 수의사가 직접 가서 주사를 놓아주게 되어 있었다. 그런데다 그의 말을 믿을 수도 없고 범죄에 이용될 수 있어 나는 수의사가 당연히 돌려보낼 줄 알았다. 그런데 뜻밖에도 수의사는 조금 기다리라고 하고는 조제실로 들어가는 것이 아닌가. 순간 나는 수의사가 제정신이 아닌 사람으로 보였지만 아무 말도 못 하고 지켜보고 있는데, 약을 가지고 나와서는 "한 포만 하면 되겠지요?"라며 그에게 건네주자 그는 몇 번이나 고맙다는 인사를 하면서 돌아갔다.

나는 어안이 벙벙하여 수의사에게 물었다. 수의사는 씩 웃으며 오늘 저 사람에게 소화제를 조금 주었으니 너무 걱정하지 말라는 것이었다. 사실 그가 사연을 털어놓고 하소연할 때는 도와줄 수 없는 것이 안타까워 그냥 돌려보낼 수 없었던 모양이다.

그로부터 2주일쯤 지났을까? 그가 또다시 음료수 한 통을 들고 와서 수의사에게 말했다.

"그땐 정말 고마웠습니다. 확실히 효과는 있었지만, 양이 적어서 그런지 제 소원을 이루지 못했습니다."

"이번에는 양을 좀 많이 주십시오." 하는 수 없이 수의사는 역시 소화제를 그때보다 조금 많이 주는 것이었다. 그러자 그는 아주 흡족한 표정으로 인사를 꾸뻑하고는 밖으로 나갔다.

그 모습을 보고 우리는 서로 마주 보며 파안대소를 하였다. 아마 그의 여자 친구는 그에게서 확신할 수 있는 믿음이 없어서 결혼 승낙을 하지 않은 것은 아닐까? 진실한 사랑을 주지 않고 약의 힘을 빌려서 그녀를 차지하려고 하는 것이 얼마나 무서운 일인지를 모르는 그가 측은해 보였다.

그 후로 그는 나타나지 않았지만 사귀던 여자 친구와 결혼을 하였는지는 정말 모를 일이다.

🐾 장롱 속의 강아지

우리는 살아가면서 거짓말을 할 때가 있다. 그런데 선의의 거짓말은 필요할 때가 있지만, 남에게 피해를 주는 거짓말은 하지 말아야겠다.

1993년 6월 중순경, 치와와를 키우는 K씨가 짝짓기를 시키러 왔다. K씨는 평소에도 소소한 거짓말과 실언을 자주 하는 탓에 평판이 그다지 좋은 편이 아니었다. 아니나 다를까, 그날도 짝짓기를 시키고 난 다음, 옷을 갈아입고 오느라 돈을 가져오지 못했다며 다음에 새끼 한 마리를 주겠다기에, 어미 혈통이 믿을 만하고 해서 어쩔 수 없이 그렇게 하기로 했다.

보통 애견을 키우는 사람들은 지나는 길이라며 한 번씩 애견센터에 들러, 자기의 애견이 얼마만큼 컸느니 이번에는 새끼를 가졌다느니 안 가졌다느니 하면서 많은 이야기를 하곤 하는데 K씨는 그 후 두 달 동안 한 번도 연락이 없었다. 그래서 두 달 반쯤 지났을 때 내가 K씨에게 새끼를 낳았느냐고 전화를 하였더니, 새끼를 한 마리 낳았는데 관리를 잘못해서 죽어버렸다는 것이었다. K씨는 누구보다도 애견에 대한 경험도 많고, 관리 소홀로 강아지를 죽일 사람이 아니기에 나는 그의 말을 믿을 수가 없었다.

그러던 어느 날, 애견 때문에 자주 들르는 Y씨가 찾아왔다. 이런저런 이야기 끝에 K씨 이야기를 하였더니, 그러면 당장 자기하고 그의 집에 가보자며 Y씨가 전화를 하자, 마침 그가 받아 우리는 즉시 그의 집으로 단숨에 달려갔는데 여름이라서 그런지 대문이 열려있었다. 현관 앞에서 Y씨가 그를 부르자 그는 아무런 생각 없이 누구냐는 듯이 고개를 내밀며 밖으로 나오다가, 나를 보자 당황한 표정을 애써 감추고는 잠깐 기다리라며 다시 들어갔다.

잠시 후, 그는 우리를 방으로 안내하였다. 하지만 어쩐지 그 모습이 불안해 보였고, 그 방에는 그때 짝짓기를 시킨 어미가 젖이 많이 붓고 처진 상태로 있었다. Y씨가 말을 건넸다. "치와와가 새끼를 낳은 모양이지요?"라고 하자 그는 "아닙니다, 새끼를 한 마리 낳아 죽었는데도 젖이 자꾸 나오고 가라앉지를 않네요."라고 했다. 그렇게 우리가 서로 애견에 관한 이야기를 건성건성 주고받으며 시간이 조금 지났을 때 옆방에서 희미하게 강아지 울음소리 같은 것이 들려왔다. 분명히 강아지 울음소리였다.

Y씨가 그에게 "무슨 소리가 자꾸 들리네요."라고 하자, 그는 대뜸 "예, 이 동네는 쥐가 많아 쥐가 어디에 새끼를 낳았나 봅니다."라고 하

였다. 저 방 어디에선가 숨겨진 강아지들은 주인의 당혹스러운 마음을 아는지 모르는지, 시간이 지날수록 울음소리를 더 크게 내며 어미를 찾는 애절한 소리로 다가왔다.

그때 Y씨가 기지를 내어 "죄송하지만 날이 너무 더우니 시원한 냉수라도 한잔 얻어먹읍시다."라고 하자 그가 물을 가지러 부엌으로 간 사이, Y씨가 벌떡 일어나 나의 손을 낚아채고는 옆방으로 끌다시피 들어가 강아지의 울음소리가 나는 장롱문을 열었다. 그러자 그 속에 강아지 세 마리가 자그만 박스 속에서 몸부림이라도 치는 듯 울고 있지 않은가! 냉수를 들고 들어오던 그가 그 모습을 보고 아연실색을 하고는 입을 열었다.

"사장님! 죄송합니다. 강아지가 너무 예쁜데다 친척들이 달라고도 하고, 내가 한 마리 키우고 싶기도 하여 이렇게 되었는데 죄송해서 어쩝니까? 순간의 욕심이 그만 거짓말까지 하게 되었습니다."

더 묻고 말고 할 것도 없이 Y씨가 강아지 한 마리를 덥석 나에게 안겨주어 강아지를 안고 그의 집을 나왔을 때, 우리는 한동안 할 말을 잃고 서로를 쳐다보며 쓴웃음을 짓고 있었다.

🐾 치와와의 대부 고명천 선생님

    치와와는 세계에서 가장 작은 개로서 멕시코가 원산지이지만, 정작 그 나라에서는 그다지 환영을 받지 못하고 오히려 미국에서 인기가 있다. 얼굴이 둥글고 호주머니에 들어갈 정도로 자그마한 치와와는, 성격이 온화하고 가련해 보이며 수줍어하면서 쉽게 정을 주기 때문에 여성 애호가가 많다. 털은 짧은 것短毛種과 긴 것長毛種 두 종류가 있다. 우리나라에는 단모종이 먼저 들어왔고 장모종은 한참 후에 들어왔는데, 장모종은 추위에 강하나 숫자가 그리 많지 않다. 모색은 Red, Fawn, Cream, Black/Tan, Party Color 등 여러 가지가 있다.

    우리나라의 치와와는 대부분 일본을 통하여 들어왔으며, 그 중심에 애견 심사위원장을 지낸 고명천 선생님을 들지 않을 수 없다. 그는 애견가였지만 주로 치와와만을 고집하였으며, '스톨젠 하우스'란 견사호로 널리 알려져 있다. 그는 1970년대 후반에 '아폴로', '아도니스' 등의 종견을 일본에서 들여와 혈통이 우수한 자견 보급에 앞장섰다. 내가 그전에 김창배 사장의 종견사에 자주 가게 된 것도, 고 선생님 집에서 번식한 예쁘고 혈통 좋은 치와와 강아지에 반했기 때문이다.

종견사를 인수하고 얼마 있다가 설레는 가슴으로 서울 하왕십리에 있는 선생님 집을 방문하게 되었다. 그를 찾아뵐 목적은 종견사를 인수한 후, '모리스'와 '후리도'란 종견을 선생님이 손수 가져왔지만, 혈통이 또 다른 종견을 한 마리 더 가져오기 위해서였다. 그때 수고스럽게도 동네 입구까지 마중 나온 그를 따라 동네에 들어서자, 담장이 길고 나무 대문인 전통가옥이 많았다.

그의 집은 어느 골목을 지나서 있었는데, 너무나 자그마한 옛날 집 그대로여서 무척 놀랐다. 선생님을 따라 작은 나무 대문을 밀고 들어가 현관 안에 들어서자 오른쪽이 그가 거처하는 방이었다. 그곳에는 잘 정돈된 애견 장이 몇 단 쌓여있고 거기에 유명한 치와와들이 들어 있었다. 바닥에는 어떤 어미가 아직 눈이 떨어지지 않은 Cream 색 새끼 네 마리를 품고 있었다. 그리고 왼쪽에 방이 하나 더 있고 거기에도 애완견들이 있었다.

잠시 후 거처하는 방에서 그가 일본에서 직접 가져와서 책자로만 보던 '아폴로'와 '아도니스' 등의 종견을 보는 순간 나는 흥분을 감출 수가 없었다. 사과처럼 둥근 얼굴에다 새까만 눈동자며 초롱초롱한 눈망울은 전형적인 치와와 모습으로 나를 매료시키기에 충분했다. 사정을 모르는 사람은 수입하는 종견 한두 마리 값으로 좋은 집을 사서 잘살지, 무엇 때문에 검소하게 사는지 의아해하겠지만 나는 그를 이해할 수 있었다.

선생님 집에는 일곱 마리의 종견이 있었다. 그에게서 종견 각각에 관해 많은 이야기를 듣다가 기회를 보아 그중 한 마리를 가리키며, 부산에서 좋은 강아지를 보급하겠으니 나에게 달라고 떼를 썼다. 나의 뜻밖의 제의 때문인지 그는 깜짝 놀라며 어리둥절해 하였다. 안 되는 것은 기정사실이지만 사정을 이야기하고 꼬박 하루 동안을 졸랐더니, 한 달 안에 연락을 주겠다는 언약을 받았다.

기다림 속에 한 달이 지나갔다. 그런데 소식이 없는 것이었다. 아무래도 이상한 생각이 들어 부랴부랴 그의 집을 다시 찾았을 때는 이미 그 종견은 거기에 없었다. 부산에서 온 O 식품회사 영업소장이 며칠 전에 빼앗아 가다시피 가져갔다는 것이다. 나로 인해 들떠있는 그에게 꼬박 사흘 동안을 졸랐던 모양이다. 상심해 하는 나에게 그는 괴로워하면서 같은 부산에 있으니 좋은 인연이 될 수 있을지 모른다며, 그 집 전화번호를 적어주는 것이었다.

며칠 후, 영업소장의 퇴근 시간에 맞추어 초량동에 있는 어느 단독주택인 그의 집을 찾았다. 그는 고 선생님의 전화를 받았다며 나를 반갑게 맞이해주어 그가 안내하는 방으로 따라 들어갔다. 방안에는 목재로 된 장롱이 놓여 있고 구석 쪽에는 쇠로 만든 동그란 링이 쳐져 있는데, 그 안에 어린 치와와 몇 마리가 놀고 있고 애완견 방석에도 어미 두 마리가 앉아있었다.

잠시 후 그가 무슨 소리로 신호를 보내자, 긴 장롱 밑에서 치와와 여남은 마리가 한꺼번에 나와서는 이리 펄쩍 저리 펄쩍 뛰고 난리였다. 정말 개판이었다. 애견센터를 하는 나이지만 놀라지 않을 수 없었다. 그제야 고 선생님이 소장에게 종견을 빼앗기게 된 것을 이해하게 되었다. 그래도 그는 개들을 어루만지며 나를 보고 이런 맛에 산다며 껄껄 웃었다. 그러고는 이번에 서울에서 가져온 종견을 보겠느냐며 딸아이 이름을 불렀다. 중학생으로 보이는 딸이 다른 방에서 종견을 안고 들어왔다. 나는 그놈을 보는 순간 나하고 인연이 아니구나 하면서도 마음 한구석이 허전했지만, 그는 그 종견 때문에 집에 일찍 들어온다며 싱글벙글하였다. 정말 치와와 애호가임에는 틀림없는 것 같았다.

그로부터 한 달쯤 지난 어느 날 오후, 뜻밖에도 고 선생님이 우리 애견센터를 찾아오셨다. 그런데 그의 품속에서 끄집어내는 것은 너무나 잘생긴 치와와였다. 그는 그 치와와를 내 품에 안겨주면서 그동안 마음의 고통이 심해 고민하다가 그가 아끼는 종견 한 마리를 가지고 왔다는 것이었다. 그 말을 듣는 순간 나는 눈물이 핑 돌며 가슴이 찡하였다. 그 종견이 바로 우리 종견사를 널리 알리는 데 일조를 한 '킹'이었다.

그 후로 고 선생님과 나는 더욱 가까워지게 되었고, 그가 가끔 부산에 와서 부전동 S 모텔에서 하룻밤을 지낼 때면 그날은 치와와 애호가들이 다 모여들었으며, 그 자리에는 꼭 나를 불러주었다. 그렇게 해서 그들과의 만남이 나에게는 큰 도움이 되었고 날이 갈수록 나도 애견가로서의 자부심이 커져갔다.

내가 마지막으로 선생님을 뵌 것은 90년대 후반 어느 여름날, 애견 심사위원이며 치와와 전문가인 부산 장수일 사장이 그의 집을 한번 방문하자고 하여 같이 갔을 때 그의 얼굴이 많이 수척해 보였다. 그 만남이 마지막이 될 줄이야! 하지만 나는 아직도 그의 인생관을 한 번씩 떠올리곤 한다. 누가 뭐래도 나는 감히 치와와라면 우리나라의 최고 전문가는 고명천 선생님이라고 말하고 싶다.

🐾 가수 최백호와의 만남

나는 노래를 좋아한다. 그런데 노래를 하는 인기 가수를 우리 애견센터에서 만나니 그 기쁨이 남달랐다.

1985년 9월 어느 날, 그날은 오전에는 바빴지만, 오후에는 좀 한가하였다. 오후 서너 시경 누군가가 애견센터 앞에 승용차를 세우고 들어오는데 보니 뜻밖에도 가수 최백호 씨였다. 너무도 반가웠다. 나는 그에게 "반갑습니다."라고 인사를 건네고는 용건을 물었더니, 요크셔테리어 강아지를 키우고 싶다며 수놈이면 좋겠다는 것이었다.

마침 애견센터에 요크셔테리어 강아지가 몇 마리 있었지만, 더 좋은 놈으로 안겨주고 싶은 생각에 사정을 이야기하고, 가정집에 있는 예쁜 강아지를 드릴 테니 시간이 있느냐고 물었다. 그러자 그는 시간이 조금 있다며 차 안에서 기다리겠다고 하여, 타고 왔던 차를 보니 좋은 차는 아니었다.

나는 즉시 여러 곳에 전화를 걸었다. 그러나 다들 대답이 신통찮아, 혹시나 하고 우리 애견센터에 단골로 드나드는 노처녀 B 양에게 전화를 하였더니 참한 강아지가 있다는 것이다. B 양은 L 수의사를 은근히 좋아하였고, 연산동에서 부모와 같이 살고 있었다. 나는 차에서 기다리고 있는 그에게 다가가 연산동에 예쁜 강아지가 있는데 차로 약 20분 걸린다고 하자, 그럼 같이 가 보자고 하여 집사람을 그 차에 태워 보냈다.

그러고는 잠시 후, 나는 의자에 앉아 지그시 눈을 감고 음악 세계의 아련한 옛 추억에 잠겼다. 못다 한 아쉬움 때문일까? 사실 나는 선친의 소질을 닮아서인지, 아니면 선친이 즐기던 축음기와 기타 소리를 듣고 자라서인지는 몰라도 음악을 무척 좋아한다. 그래서 고등학교 시절에는 합창부에서 활동하였고, 학교를 졸업하고는 경희대학교 음대 성악과에 지원을 하였다. 그 당시 집안이 어려워 서울에서 대학교에 다닐 형편이 못 되었으나, 서울에 사는 이모님이 합격만 하면 아르바이트 자리를 마련해 주겠다고 약속을 하여 응시하게 되었다.

시험을 치는 날, 그해는 유난히 추웠다. 며칠 전부터 눈이 내려 소복이 쌓인 데다 그날도 눈이 큰 송이로 내리고 있어 넓은 캠퍼스가 온통 새하얀 눈 세상을 이루었다. 학과시험을 무난히 치르고 실기시험을 치게 되었다. 대부분 응시생들은 반주자와 짝을 이루어 노래를 불렀다. 나는 「여자의 마음(Ladonna □ mobile)」과 「무정한 마음(Core' ngrato)」을 집중적으로 연습해 갔지만, 부르기 쉬운 「여자의 마음」을 학교에서 지정해준 피아노 반주자의 반주에 맞추어 열심히 불렀다. 교수님들의 표정으로 보아 잘 부른 것 같아 기분이 좋았지만 마지막 시험에, 「코르위붕겐」을 연습해 갔는데 「콘코네」를 하라는 것이었다. 정상적인 시험 준비를 못하여 정보가 어두웠기 때문이다. 어느 교수님이 아깝다며 내년에 꼭 다시 응시하라고 하였으나, 다음 해에는 아버님의 반대로 뜻을 이루지 못했다.

그러나 나는 노래에 대한 꿈을 버리지 못하고 방송국의 노래자랑에 관심을 가졌다. MBC 방송국이 중앙동에 있을 때 『노래 흉내 콩쿠르』란 프로가 있었다. 전속 악단장이 허영철 씨였고 사회자는 최창식, 윤미자 아나운서였는데 모든 가수 지망생들이 다 모였었다. 나는 그 프로에서 남인수 씨의 노래를 불러 몇 번 입상을 하였다. 그때 내가 즐겨 부르던 반야월 작사, 이재호 작곡, 남인수의 「다정도 병이련가」란 노래가 있는데, 그동안 KBS의 가요무대 등 방송국 프로에서 들어본 적이 없고 노래방 노래 제목에도 없어 몹시 서운하다. 그 당시 노래 연습을 하던 SP 음반을 내가 가지고 있어, 선친이 물려준 일본강점기와 해방 전후의 노래 음반 100여 장 중에서 아직까지 외부에서 들어본 적이 없는, 윤기항 작곡, 도무·이리안의 두 남녀 가수가 대사를 섞어가면서 서로 주고받으며 부른 「상해 야화」 등 몇 곡과 같이, 한번 녹음을 해서 방송국에 보내야 되겠다는 생각이 든다.

대청동 꼭대기에 있던 KBS한국방송에서도 제목은 확실하지 않지만 『가요 자랑』이란 프로그램이 있었다. 한 번은 내가 남인수의 「산유

화」를 불러 입상을 하자, 방청석에 있던 서면의 H 여고 교복을 입은 여학생 두 명이 따라와서는 나를 추켜세워 주어, 그 후 몇 번을 만났고 제법 멋진 선물도 받았다.

MBC 전속가수 2기인지 3기인지를 뽑을 때였다. 나는 그때 응시를 해서 자유곡으로 남인수의 노래를 부르지 않고, 그 당시 저음이 유행하여 남일해의 「종로 블루스」를 불렀더니 악단장인 허영철 씨가 도미의 「청춘 브라보」를 지정곡으로 내어놓았다. "장미꽃이 피는 들창문을 단둘이서 바라보면은……" 이런 가사로, 아주 경쾌하고 쉬운 노래여서 알고는 있었지만, 자주 불러 보지를 않아 중간에 가사 몇 군데가 생각나지 않아 모른다고 하였다. 그랬더니 앞자리에서 지켜보던 김지곤, 이경화 씨 등의 전속가수들이 안타까워하며 가사를 알려주면서 부르라고 하였으나 끝내 부르지 못했다. 아마 같이 활동하고 싶었던 모양이다.

나는 지난 일을 후회할 때가 많다. 그때에도 초장동에 있는 악단장님의 집에서 일주일에 두 번씩 따님인 허인애 양의 공부를 가르치고 있었지만, 악단장님은 나와 한 번도 마주치지 않아 그 사실을 모르고 있었다. 그런데 가수 시험을 치르려면 사전에 집에서 '가정교사'라고 인사를 하고 시험을 친다고 이야기했더라면 어떠했을까라는 생각이 들고, 그 뒤에도 가수가 되고 싶다고 한 번쯤 이야기해 봄직도 하였는데 그렇지 못한 내가 어떤 땐 후회스럽기도 하다. 나는 그 후로 군대에 가고 제대를 하고서는 회사에 취직이 되어 끝내 그 길을 택하지 못했지만, 만약 그때 성악과에 합격하였던지 가수가 되었더라면 내 인생은 어떻게 되었을까?

내가 이렇게 한참 동안 회상의 나래를 펴고 있을 때 '따르릉' 전화벨이 울렸다. 집사람의 다급한 목소리였다. 최백호 씨는 B 양 집 앞에서 기다리겠다고 하여 혼자 B 양 집에 들어왔는데, 수놈 두 마리, 암놈 한 마리의 강아지 중 예쁜 수놈 한 마리는 자기가 키우겠다고 고집을 부리니 한번 이야기해보라는 것이었다. 그래서 전화를 바꾼 B 양에게 사정을 이야기하고, 요새 연예인들이 TV에 애완견을 많이 안고나오는데 B 양 강아지도 예쁘게 커서 최백호 씨가 안고 나오면 그것도 영광이 아니겠느냐고 설득하자, B 양도 그의 노래를 무척 좋아한다고 하면서 그제야 집사람에게 강아지를 내어 주겠다고 하였다.

그리고 시간이 좀 흐르자 집사람이 돌아왔다. 최백호 씨가 자기 차로 다시 애견센터까지 태워주더라는 것이다. 그러고는 칭찬이 대단했다. TV에서 볼 때보다 훨씬 잘 생겼고, 말씨도 조용하고 차분하며 매너도 아주 좋더라고 하였다. 나도 그렇게 생각한다고 하자 집사람은 말을 이어, B 양은 강아지를 내어주며 그를 한번 만나보겠다고 따라나왔으나 수줍어서인지 집 앞에서 멈추어 서더라는 것이다.

그 후 B 양은 얼마 지나지 않아 결혼을 했고, 또 세월이 흘렀는데 최백호 씨는 그때의 강아지를 잘 키웠는지 모를 일이다.

🐾 인연

애견이 맺어준 P 목사와의 만남은 종교를 넘어서 어쩌면 운명이었는지도 모른다.

1982년 늦은 봄, 30대 중반의 남자 한 분이 진돗개 백구 수놈 강아지를 키우고 싶다며 찾아왔다. 백구 강아지라면 진영 젖소목장에서 진돗개도 같이 번식을 하는 성형외과 박성영 원장이 생각나 전화를 하였더니, 며칠 후에 젖을 뗄 강아지가 있다고 한다.

며칠 후 원장이 병원을 쉬는 일요일 날, 나는 원장과 진영 번식장에 같이 가서 멋진 강아지 한 마리를 골라다가 그분에게 건네주었다. 그러고 나서 열흘쯤 지났을까? 그분이 또 찾아왔다. 강아지를 잃어버렸다는 것이다. 그래서 다시 원장의 강아지 한 마리를 더 구해주게 되었다. 강아지를 가져가는 날 예쁜 강아지를 두 번씩이나 구해주어 그 보답으로 점심을 사겠다는 것이었다. 나는 처음에는 몇 번이나 사양하였지만 계속 권하기에, 애견센터에서 가까운 돌집이라는 설렁탕집으로 그를 안내하였다.

식사가 끝나자 그분이 입을 열었다. 자기는 수정동 D 교회 목사인데, 그동안 서울 쪽에서 목회를 하다가 지금의 교회에 부임을 해보니 교회 건물이 너무 낡아 허물고 새로 교회를 짓고 있었다는 것이다. 그런데 건축비는 교회 자체금과 성금으로 하고, 나머지는 C 집사의 집을 은행에 저당하여 활용하기로 하여 며칠 있으면 융자금이 나오는데, 갑자기 C 집사의 남편이 마음이 변하여 은행에서 서류를 빼내 가버리는 바람에 더 이상 교회를 짓지 못하고 낭패를 당하고 있다는 것이었다.

그러고는 교회에 선교원도 운영할 계획인데 그것을 맡아서 해도 좋으니, 돈이 있으면 천만 원만 빌려달라는 것이었다. 나는 그의 뜻밖의 제의에 당황하여 우리는 교회에 다니지 않아 선교원은 운영할 수 없지만, 듣고 보니 사정이 무척 딱한 것 같아 돈에 대해서는 집사람과 한번 의논해 보겠다고 하였다.

그와 헤어지고 나서 나는 과연 집사람에게 이 이야기기를 해야 할지 말아야 할지를 두고 갈등하다가 그날 저녁에 어렵사리 그 말을 끄집어내자, 이야기를 듣고 있던 집사람은 펄쩍 뛰면서 말이 되는 소리냐고 단번에 거절하였다. 그런데 며칠이 지나자 무엇에 홀린 듯 집사람이 뜻밖에도, 젊은 목사가 의욕도 있어 보이고 교인들도 많아서 우리가 천만 원만 빌려주면 교회 건물을 완성할 수 있다고 하니, 교회에 한번 찾아가 보고 사실이면 믿고 빌려주자는 것이 아닌가.

그로부터 약 1년이 지나 교회 건물이 완공되자, 그는 잘 알지도 못하는 사람이 거액의 돈을 이자도 받지 않고 선뜻 빌려주어 너무나 고맙다며, 선교원을 맡아 달라고 간청하는 것이었다. 교인이 아니라서 맡을 수 없다고 하는데도 그의 간곡한 부탁으로 집사람이 선교원을 맡게 되었고, 그로 인해 우리 가족 모두 교회에 열심히 나가게 되었다.

그렇게 해서 우리는 새로운 삶의 바쁜 나날을 보내고 있었다. 어느덧 교회에서는 크리스마스가 다가온다며 분주히 준비를 하고, 선교원에서도 연극이며 무용 등을 연습시키느라 선생들과 원생들이 제법 떠들썩하였다. 목사님은 이번 크리스마스에는 가족 합창대회가 있으니 우리 가족도 꼭 참가해 달라고 하였다. 열심히 연습한 덕분인지 「기도」란 복음성가를 불러 우리 가족이 1등을 하자, 우리 가족은 교회에서도 잘 알려지게 되었고 우리는 교회에 재미를 더욱 느꼈다. 나와 집사람은 목사님으로부터 세례까지 받았다.

하지만 애견센터에는 일요일이 되면 손님이 더 많고 집사람은 아이들을 돌보다가 교회에서 돌아오다 보니 집안일과 애견센터 일이 복잡해져, 부득이 2년 반쯤 되었을 때 선교원을 교회에 넘겨주고 모든 정리를 하였다. 그때 목사님은 우리에게 주님의 은총이 있기를 기원한다고 기도를 하였다. 그로부터 서로가 바쁜 생활 때문에 연락을 못하고 있었다.

그 후 세월이 한참 흘러 나는 Y동에서 큰 레스토랑도 같이 운영하게 되었다. 부근에 여자대학교가 있는데다 영업이 잘된다고 하여 엄청난 거액의 권리금을 주고 인수를 했는데, 6개월 후에 학교가 떠나버려 그때야 속은 것을 알았다. 설상가상으로 그 지역이 또 도시계획으로 묶이게 되어 우리가 한동안 힘들 때 목사님으로부터 연락이 왔다.

"소식을 들으니 레스토랑을 운영한다고 하던데 영업은 잘 되는지요?"라고 안부를 물으며 교회 식구들과 한번 식사를 하러 오겠다는 것이었다. 정말 반가웠다. 그렇게 해서 목사님과 다시 인연이 계속되었고, 우리의 사정 이야기를 들은 목사님과 사모님은 우리를 위하여 기도를 하고 여러 가지 어려움을 도와주겠다고 힘을 주었다.

그리고 또 세월이 흘렀다. 그런데 지금까지도 그 인연이 이어지고 있는 걸 보면 나와 목사님과의 만남은 종교를 넘어서 소중한 믿음으로 맺어졌기 때문이 아닌가 싶다.

닥스훈트 벤지의 죽음

닥스훈트는 독일이 원산지로서 닥스훈트라는 독일 이름은 오소리(Dachs)를 사냥하는 개(Hund)라는 뜻으로 이 개가 오소리 사냥개였음을 알 수 있지만, 독일에서는 일반적으로 테켈(Teckel)이라고 부른다. 그리고 굴속에 숨어있는 오소리를 공격하기 위하여 다리가 짧아졌으며, 후각은 예민하고 눈은 자그마하며, 주둥이는 뾰족하고 이는 날카로우며, 귀는 드리워져서 독특한 자세가 이루어졌으나, 오늘날에는 대부분 애완견으로 키우고 있다.

크기(체중)에 따라 스탠더드와 미니어처로 나누어지며, 털의 종류로는 스무드 헤어드, 롱 헤어드, 와이어 헤어드, 세 가지가 있다. 털빛은 레드와 블랙 앤드 탠(검정과 황갈색)의 두 종이 있는데, 레드는 짙은 초콜릿색에서부터 황갈색까지 있으며, 블랙 앤드 탠은 검정 바탕에 황갈색 얼룩이 있다. 미국에서는 유행견의 하나로 다루어지고 있으며 대부분 실내에서 기르고 있다. 이 개는 쉽게 가정에 순응하고 사람을 잘 따르며, 깨끗한 것을 좋아하고 집을 잘 지키며, 낯선 손님에게는 재빨리 발밑을 더듬고 살피는 버릇이 있다.

그런데 1970년 후반에, 독일에서 태어난 미니어처 닥스훈트를 일본을 통하여 종견사 김창배 사장이 들여왔다. 그 개가 챔피언 클레어(Red)이고, 그 후 1980년에는 일본에서 미니어처 닥스훈트를 내가 가져왔는데, 그놈이 벤지(Black/Tan)이다. 털은 둘 다 짧은 스무드 헤어드로서 벤지는 작고 깜찍한데다 털이 유난히 반질반질하고 윤기가 흘러 애견가들로부터 귀여움을 독차지하였다. 그래서 이 두 마리의 종견이 전국에 명성을 떨치고 있었다.

그러던 1982년 설날 새벽이었다. 종업원 S 군이 하루 전날 고향에 가고 없어 나와 집사람은 아이들과 같이 부모님이 계시는 부민동에 가서 차례를 지내기 위하여 아침 일찍 애견들에게 밥을 주고 있었다. 애견센터 안의 남쪽에 위치한 애견 집들은 아래의 큰집과 위의 작은 집, 2층으로 진열해 놓았는데, 철장으로 된 진돗개 종견 집 위에 나무를 깔고 그 위에 벤지의 집이 있었다. 그런데 집사람이 2층에 있는 벤지에게 밥을 먼저 주고, 같은 층에 있는 다른 애견들에게 밥을 주려고 그놈 집 앞에 밥 몇 그릇을 얹어 놓았었다. 그때 벤지가 재빨리 자기 밥그릇을 다 비우고는, 집사람이 깜빡 잊고 열어놓은 문으로 앞에 놓여 있는 밥을 더 먹으러 나오다가 실수로 바닥에 떨어졌다.

엉겁결에 떨어져 정신을 못 차리고 있을 때, 아래층에 있던 진돗개가 갑자기 세로로 지른 철장 사이로 한쪽 발을 내밀어 벤지를 낚아채어 다리를 물었다. 나와 집사람은 반사적으로 그놈에게 벤지를 뺏기지 않으려고 필사적으로 벤지의 몸통을 잡고 당겼으나, 그놈은 놓지 않고 계속 철장 안으로 당겼다. 집사람이 수돗물을 물통에 받아 바가지로 물을 계속 퍼부었으나 막무가내였다. 하는 수 없이 신문지에 불을 붙여 그놈 입 주위에 계속 갖다 대었으나 그것도 소용이 없었고 주위는 이내 아수라장이 되었다. 그때였다. 순간적으로 벤지도 그놈 발을 물고 놓아주지 않았다. 조상이 굴속에 있는 짐승들을 잡는 사냥개가 아니던가? 벤지도 보통이 아니었다.

하지만 덩치가 너무 차이가 나는데다 시간이 흐르자 그놈이 계속 물고 흔들어대어 우리는 어쩔 수 없이 그놈에게 벤지를 뺏기고 말았다. 그러자 그놈은 그 좁은 철장 사이로 기어이 벤지를 물고 들어가 죽인 다음 죽은 것을 확인하고서야 입에서 놓았다. 아마 산짐승을 잡은 것으로 착각한 것 같았다. 청천벽력이었다. 나와 집사람의 두 뺨에는 하염없이 눈물이 흘러내리고 있었다. 나는 그 충격으로 한동안 심한 우울증에 빠져 있었고, 그놈 역시 벌을 받았는지 물린 다리가 오랫동안 낫지 않았다.

나는 그때의 일을 생각하면 새삼 가슴이 답답해져서 크게 심호흡을 하고 마음을 가라앉히곤 한다. 그것은 연약한 벤지가 감당할 수 없는 상대에게 일방적으로 당하는데도, 구해내지 못한 아쉬움과 죄책감이 수십 년이 지난 지금까지 후회와 상처로 남아있기 때문이 아니겠는가.

🐾 복권

복권에 당첨되어 인생역전을 하는 사람들이 있다. 그런 의미에서 복권은 환영할 만하다. 그러나 간혹 행운이 화를 부르기도 한다. 복권 당첨으로 인하여 화목했던 가정이 파탄이 나고 친구와의 우정에 금이 가기도 한다. 하지만 복권 당첨의 기회가 누구에게나 오는 것은 아니다. 어떤 사람에게 당첨의 기회가 오는 걸까?

절친하게 지내는 애견훈련소 소장에게서 들은 얘기다. 오래전 어느날 그는 즉석복권 10장을 샀다. 그러고는 평소 애견 동호인들이 모이는 사무실에 갔다. 그날도 다섯 명이 모여 고스톱을 치고 있었고, 그중 한 명은 구경을 하고 있었다. 사가지고 온 복권 10장을 긁었더니 7장이 꽝이었다. 시간이 제법 흘러 모두들 배가 출출해졌다. 구경하는 친구에게 먹을 것과 당첨된 즉석복권 3장을 바꿔오게 했다.

모두들 요기를 하고 또다시 고스톱을 쳤다. 그때 갑자기 소장이 고함을 질렀다. 한 장이 500만 원에 당첨된 것이다. 모두들 놀라서 복권을 돌려가며 들여다보았다. 고스톱판은 일순간에 끝이 나고 모두

들 우르르 술집으로 몰려갔다. 그날 소장은 흥분하여 1차, 2차 돌면서 100만 원을 썼다. 복권을 사온 친구가 100만 원을 자기 몫으로 달라고 했지만, 소장은 농담이려니 하고 웃어넘겼다.

다음 날 은행에서 세금 공제하고 360만 원 조금 넘게 받았다. 어제 쓴 돈을 갚고 200만 원을 아내에게 갖다 주었더니, 입을 다물지 못하는 아내를 보면서 소장도 기분이 좋았다. 복권을 바꿔다 준 친구에게 그냥 있기가 뭣하여 30만 원을 주기로 작정했다. 그런데 그 친구는 정색을 하고 100만 원을 달라는 것이었다. 그 바람에 30만 원도 주지 못하고 차일피일 시일이 지나다 보니 그 돈도 다 써버렸다. 소장과 그 친구는 한동안 사이가 서먹했다. 주위 친구들에 의해 그 후 서로 화해는 했지만, 한 번 갈라진 마음에 소장은 기분이 내내 찝찝했다.

나에게도 복권에 대한 잊지 못할 기억이 있다. 로또복권이 생긴 지 얼마 되지 않을 때였다. 어느 날 꿈을 꾸었다. 초등학교 때 자주 다니던 남부민동 방파제 앞을 걸어가자 많은 인부들이 토목공사를 하고 있었다. 일하는 사람에게 무슨 공사를 하느냐고 물었더니 송도와 영도를 잇는 다리 공사를 한다고 했다. 그런데 그 옆에 있던 감독이란 사람이 삼천포까지 구름다리를 놓는다는 것이었다.

내 마음에 그 꿈이 예사롭지 않았다. 그 꿈을 생각하면서 로또복권 예상번호를 적어 보았다. 우선 삼천포라 하여 3과 30을 적었다. 삼천이면 0이 여러 개이므로 3+7은 0. 그래서 37, 사이를 잇는다고 해서 42, 육교는 6, 긴 육교는 16, 그렇게 해서 여섯 개의 번호가 맞춰졌다. 로또복권 추첨 저녁 일찌감치 복권을 들고 TV 앞에 앉았다. 1등에 당첨되면 그 돈을 어디에 쓸 것인지 머릿속으로 무수히 집을 지었다. 이윽고 추첨이 시작되었다. 숫자 세 개가 맞아 들어가자 가슴이 방망이질을 했다. 그러나 그 기대도 잠시, 숫자 4개를 맞히고 내 화려한 인생역전은 끝이 나버렸다. 그런데 그 당첨번호가 희한하였다. 3, 4, 16, 30, 31, 37, 보너스 번호 13이었다.

친구 중에 꿈 풀이라면 대가라고 자처하는 친구가 있다. 그 친구에게 그 이야기를 했더니 자기 가슴을 치면서 펄쩍펄쩍 뛰었다. 꿈은 기가 막혔는데 해몽을 못해서 행운을 놓쳤다는 것이다. 그 친구의 해몽은 이러했다. 삼천포까지 구름다리를 놓는다고 하니 3, 30, 37은 잘 맞췄고, 다리가 길어 16도 맞는데 삼천포까지 다리가 이어지니 3에서 이어지는 4, 30에서 이어지는 31, 그래서 3, 4, 16, 30, 31, 37이 된다는 것이었다. 그 당시 당첨금이 170억이었고 한 명만이 행운을 안았다.

그동안 로또복권에 당첨된 사람 중의 상당수가 불행해졌다고 한다. 사기를 당하기도 하고, 이혼을 하기도 하고, 주변과 인연을 끊고 산다고도 한다. 흔히 사람들은 하루가 행복하려면 목욕을 하고, 일주일이 행복하려면 복권을 사라고 한다. 행운은 아무에게나 오지 않는다. 돈이 많다고 해서 다 행복하지도 않다. 돈은 쓸 곳에 쓸 만큼 쓸 수 있으면 족하다고 생각한다. 그러기 위해서는 내 손으로 열심히 버는 것만이 내 돈이다. 어쩌면 나에게도 그런 행운이 올 수도 있다. 다만, 내가 복을 짓거나 덕을 쌓아 그 많은 돈을 잘 쓸 수 있을 때 찾아올지도 모른다.

나는 그 후 실제로 영도와 송도를 잇는 다리 공사를 하고 있는 것을 보고 놀랐다. 한때 인생역전을 꿈꿔 봤던 지난날 이야기다.

Y 여사의 부부싸움

부부싸움은 칼로 물 베기라고 한다. 그래서 부부는 한 번씩 싸움을 해야만 정이 더 든다고들 한다. 하지만 그 싸움도 가지가지다.

Y 여사는 30대 후반으로 훤칠한 키에 얼굴은 아이처럼 해맑았고, 애견센터에서 제법 멀리 떨어진 H구 D 아파트에 살았다. 그녀는 애완견을 갖고 싶다며 평소 애견센터에 가끔 들러서 강아지들을 안아 보기도 하고, 강아지 머리를 자기 이마에 대어 흔들어 보기도 하면서 안목을 넓힌 탓인지, 강아지를 보는 눈이 보통이 아니었다.

1992년 여름이었다. 요크셔테리어 강아지를 키우기로 결정했다며 A급 강아지 한 쌍을 구해 달라는 것이었다. 그녀의 눈높이에 맞추려면 혈통과 모습이 다 갖추어져야 하겠기에 몇 군데를 알아보았으나 그럴 만한 강아지가 없었다. 서울에 있는 L 여사에게 전화를 해보았다. 반갑게도 열흘쯤 후에 젖을 뗄 강아지가 있다며 가능한 한 서울에 와서 가져가라는 것이었다. 가끔은 강아지를 열차나 비행기로 부쳤을 때, 도착해서 마음에 안 들 때도 있고 건강이 좋지 않을 때도 있어 이런 사정을 서로 잘 알기 때문이었다.

그래서 그녀에게 자초지종을 이야기하자, 기어이 어미를 직접 보아야겠다며 서울에 같이 가자는 것이었다. 더구나 강아지가 마음에 들지 않으면 또 다른 곳을 가 봐야 될지도 몰라 시간을 잡을 수 없으니 가는 표만 사자고 하였다. 그런 사유로 그녀와 같이 서울을 가게 되었다.

그런데 당일 열차 시간이 다 되어도 나타나지 않아 애를 태우던 중, 저만치 뛰어오는 그녀 모습이 눈에 들어와 사정 이야기는 미처 들을 새도 없이 바삐 개찰구로 뛰다시피 해서 간신히 열차에 오를 수가 있었다. 그제야 상기된 얼굴로 남편 밥상을 차려주고 이웃에 잠시 마실 가는 것처럼 아무 말도 없이 그냥 택시를 잡아타고 부랴부랴 왔다는 것이다. 그 말을 들으니 어쩐지 내 마음이 편치 않았다.

그런 내 심정은 아랑곳하지 않은 채 그녀는 요키 강아지가 예쁘면서 털이 윤이 나고 부드러워야 할 텐데 걱정이라며, 강아지 이야기부터 끄집어내었다. 그래서 한참 동안 이런저런 이야기를 하다 보니 서울역에 도착하였다. 내가 근처에서 식사를 하고 가자고 하자 강아지를 먼저 보고 그쪽에서 밥을 먹자고 하여, 충무로에 있는 L 여사 집으로 먼저 가자 여사가 우리를 반갑게 맞아 주었다.

서로 인사를 나누고 여사가 요크셔테리어 어미와 그 강아지 한 쌍을 거실로 가지고 왔다. 그녀가 원하는 강아지였다. 하지만 나는 혹시나 하고 걱정을 하면서 지켜보았다. 그녀는 강아지 두 놈을 제법 오랫동안 요리조리 살펴보고, 만져보고 하더니 그때에야 비로소 마음에 든다고 말하는 것이 아닌가.

아침부터 내내 조바심치던 마음의 짐을 덜게 되자 갑자기 허기가 느껴졌다. 내가 여사에게 셋이서 식사를 하러 가자고 하자, 여사가 이 동네에 전골을 잘하는 집이 있으니 오늘 점심은 자기가 대접하겠다며, 가까이 있는 그 식당으로 안내하여 소고기 버섯전골을 맛있게 먹었다.

식사가 끝나고 여사 집으로 돌아와 서둘러 부산 가는 차편을 알아보았다. 오후 7시에 출발하는 새마을호 열차표가 조금 남았다기에 여사가 급히 자기 차로 서울역에서 표를 사 왔다. 시간의 여유가 생기자, 그제야 직업 본능이 발동하여 여사에게 번식장 구경을 한번 시켜달라고 졸랐다. 흔쾌히 거실 건넛방과 2층에 있는 번식장으로 우리를 안내하는 여사의 얼굴에 자부심이 가득하였다. 잘 정돈된 애완견들의 집에 관리가 잘된 깔끔한 애완견들을 보는 순간, 그녀의 맑은 두 눈이 반짝거리면서 자기도 강아지가 다음에 커서 새끼를 낳으면 몇 마리 더 키울 것이라며 어린아이처럼 들떠 있었다. 그러는 동안 차 시간이 되어 여사와 작별 인사를 나누고 서울역에서 열차를 탔다. 강아지는 여사가 마련해준 자그마한 휴대용 애완견 통에 넣어서 좌석 밑에 놓아두었더니 한 번도 낑낑거리지 않아서 나도 잠시 눈을 붙일 수가 있었다.

부산역에 도착하고 보니 자정이 가까워져 오고 있었다. 집이 같은 방향이라 택시를 함께 타고 오다가 그녀가 말을 꺼냈다. 가만히 생각해 보니 오늘 집을 나올 때 서울 간다고 이야기를 하지 않았는데, 이 늦은 시간에 강아지까지 들고 들어가면 싸움을 할 것 같아 내일 오후 3시경에 찾으러 갈 테니까 좀 그렇게 해달라는 것이었다. 그녀의 딱한 사정에 나는 하는 수 없이 강아지를 가지고 서면에서 내리고 그녀는 그대로 타고 갔다. 그러나 그녀가 집에 도착하면 부부싸움이 날 것 같아 걱정이 되었다.

그런데 다음 날 그녀의 모습은 끝내 보이지 않았다. 무슨 일이 일어났는지 전화를 해도 받지를 않았다. 걱정이 되어 애를 태우던 차에 다음 날 오후 그녀가 나타났다. 나는 무척이나 반가웠지만, 그녀의 한쪽 눈에는 안대를 하고 있었고, 눈 주위에는 시퍼렇게 멍이 들어 있는데다 한쪽 다리도 거동이 불편해 보이는 것이 아닌가. 그녀는 그날 그 길로 집에 들어가서 남편과 대판 싸움이 벌어져 이렇게 불쌍하게 되었다는 것이다. 정말 측은하게 보였다. 그러고는 죄송하지만, 집안이 안정될 때 가지 며칠만 더 강아지를 키워 달라는 것이었다.

그 후 그녀가 다시 왔을 때는 몸도 많이 나았고 마음도 많이 안정을 찾은 것 같았다. 부부싸움은 칼로 물 베기라고 하지 않았던가? 고맙다고 인사를 하면서 강아지의 볼을 비비는 모습이 마치 잃었던 자식을 찾은 것 마냥 애틋해 보였다. 소녀처럼 밝게 웃으며 품에 꼭 안고 나가는 그녀의 뒷모습을 보면서 강아지가 그녀의 삶에 큰 위안과 즐거움이 되기를 간절히 빌었다.

3장

🐾 6월 민주 항쟁과 최루탄(6월의 봄)

6월 민주 항쟁은 우리나라에 민주주의의 씨앗을 뿌렸다고 할 수 있다. 1987년 1월, 박종철 열사가 물고문으로 사망하였다는 소식이 전해지자, 무고한 청년의 죽음에 대한 학생들의 항의로 시작된 시위는 차츰 민주화 요구로 바뀌기 시작했다. 처음에는 산발적으로 일어나다가 6월 9일 이한열 군이 경찰이 쏜 최루탄에 머리를 맞아 쓰러지자, 시민들도 합세하여 6·10 민주 항쟁이 일어났고, 그 후로는 매일 시위가 계속되었다.

시위대는 대학생들이 주동이 되고 시민들이 합세하여 '살인정권 타도! 독재 타도!'란 구호를 외치며 서면 교차로 쪽으로 진출하였다. 그러면 중무장한 경찰 진압대가 최루탄을 발사하며 필사적으로 시위대를 막았다. 그러다가 최루탄을 쏘아대는 경찰에 쫓겨 시위대는 우리 종견사 쪽으로 달려왔다.

우리 애견센터는 서면 교차로에서 가까운 위치에 있었고 이면 도로에는 몇 갈래의 작은 소방도로가 있어, 쫓겨온 시위대들이 숨고 재집결하기에 안성맞춤이어서 서면 교차로 가까운 쪽에서 시위를 하다가

도 이곳으로 쫓겨 오기 일쑤였다. 그러다가 6월 중순부터는 아예 오후에 이면 도로 안쪽에 있는 공터 등에 시위대가 숨어 있다가, 일제히 구호를 크게 외치며 교차로 쪽으로 진출을 하였다. 그러면 어김없이 진압 경찰들이 최루탄을 쏘면서 쫓아왔고, 시위대들은 잡히거나 최루탄을 맞지 않으려고 우왕좌왕, 그야말로 아수라장이 되었다.

그런 와중에 최루탄이 '펑' 소리를 내며 시위대 사이에 떨어지면, 사람들은 희뿌연 최루가스에 얼굴에 가벼운 화상을 입기도 하고, 매운 연기 때문에 모두 눈물·콧물을 흘리면서 사방으로 흩어졌다. 그중 애견센터로 피신 온 사람들은 나와 집사람이 사무실 안쪽 방으로 숨게 하고, 걷잡을 수 없이 눈물을 흘리며 쓰린 눈을 거의 감고 있는 사람들에게는 애견 샤워장에서 얼굴을 씻게 한 후 연고를 발라 주었다. 그러나 시위가 격렬할 때는 나와 집사람, 동네 사람 할 것 없이 모두 합세하여 같이 시위를 하였다. 그럴 때는 동네 사람들도 물을 가져 나오고 연고를 가져 나와 화상을 입은 시위대들 얼굴에 발라주고, 비틀거리며 괴로워하는 사람들은 자기 집으로 데리고 갔다.

한 번은 여대생인 딸이 애완견을 좋아한다며 몇 달 전에 우리 애견센터에서 토이푸들 강아지를 분양받은 후, 가끔 들렀던 이정창 씨가 왔을 때 시위가 벌어져 같이 걱정하였었다. 그런데 그 후인 1989년 4월, 부산교대에서 열린 '참교육 실현을 위한 한새인 결의대회' 때, 학교

안으로 진입한 경찰과 부딪히면서 머리를 다쳐 사경을 헤맨다는 신문 기사에서, 그 여대생이 이정창 씨의 따님인 이경현 씨인 것을 알았을 때 나는 몹시 놀랐다. 그 이후로도 이경현 씨는 신체마비와 정신장애로 투병 중이라는 안타까운 소식을 들었었다.

그렇게 6월 민주 항쟁은 매일같이 계속되다가 마침내 1987년 6월 29일 노태우 대통령이 '6·29 선언'을 함으로써 끝이 났다. 사실 이러한 열렬한 항쟁이 없었다면 우리 대한민국에 민주화의 봄은 왔겠는가? 돌이켜 생각해보면 그때가 우리 사회에 있어 큰 격동의 시기가 아니었나 생각된다.

🦉 삶은 고구마

몇 년 전 여름 어느 날이었다. 중앙동에 있는 중·고등학교 동창회 사무실에서 만난 K와 돌아오는 길에 회포도 풀 겸 어느 대폿집에 들렀다. 마침 퇴근 시간이라 그런지 그곳에는 술꾼들이 제법 붐비고 있었다. 우리도 조그마한 창가에 자리를 잡아 이내 술을 사이에 두고 이런저런 이야기를 나누기 시작했다. 한참 후 서로 얼근하게 취기가 올랐을 때 K가 초등학교 5학년 때의 이야기를 끄집어내었다.

D 초등학교에 다닐 때라고 한다. 너무나 가난하여 아침, 저녁은 시래기죽이나 삶은 고구마 몇 개로 식구들이 끼니를 때웠다고 했다. 점심은 엄두도 못 내고 학교 점심시간엔 운동장 모퉁이에 있는 세면장에서 찬물로 허기진 배를 채웠다는 것이다. 사실 그 당시는 K 집뿐만 아니라 누구나 다 어려웠던 시절이었다.

그날은 삶은 고구마로 아침밥을 대신했는데 어쩌다 보니 등교 시간이 늦어 그마저도 다 먹지 못하고 학교에 갔다고 한다. 점심시간이 되어 세면장에서 찬물로 배를 채우다가 역시 같은 처지인 같은 반 S 군에게

"친구야, 오늘 우리 집에 가볼래? 삶은 고구마가 조금 있을 기야."

"그래? 고구마가 있다고? 그럼 같이 가보자."

무척 좋아하는 S 군을 데리고 학교에서 좀 떨어진 집으로 가서 얼른 솥뚜껑을 열었다. 텅텅 비어 있었다. 먹을 것이 있을 법한 몇 군데를 들추어보았으나 허사였다. 그런데 마침 부엌 구석에 있는 자그마한 단지를 열자 누르스름하면서 달콤한 찌꺼기가 안에 있었다. 먹을 것이 없자 K 군의 어머니가 식구들에게 먹이려고 술 찌꺼기에 사카린을 조금 넣어서 담아 놓았던 것이다. 그런 사실을 알 리 없는 K와 S 군은 허겁지겁 그것을 제법 많이 먹었다.

오후 수업시간이 되자 둘은 정신이 몽롱하고 잠이 오면서 얼굴이 새빨개졌다. 선생님이 K의 앞자리에 앉아있는 S 군을 불러내었다.

"네 얼굴이 와 이리 붉노? 점심시간에 뭐 먹었지?"

"아입니더. 아무것도 안 먹었습니더."

"요놈 봐라, 아무것도 안 먹었다고? 그럼 호 하고 한번 불어봐라."

S 군이 '호' 하고 불었다.

"요놈 술 먹었네, 머리에 쇠똥도 안 벗겨진 놈이 벌써 술을 먹다니……."

선생님이 S 군의 뺨을 한 대 갈겼다.

"아입니더, 정말 안 먹었습니더."

"이놈 큰일 낼 놈이네, 술을 먹고도 안 먹었다고 하니……."

S군의 뺨을 몇 대 더 갈겼다.

"선생님, 용서해주이소! 정말 안 먹었습니더."

S군은 계속 용서를 빌었고, 선생님은 더욱 화가 나서 뺨을 갈겨댔다. 술 찌꺼기를 먹은 탓에 붉어진 S군의 얼굴은 삽시간에 홍당무처럼 새빨갛게 부풀어 올라 차마 볼 수가 없을 지경이었다.

그때 우리 집 단지 안에 있는 찌꺼기를 먹었다고 이야기를 해주어야 하는데도 겁이 나서 머리를 수그린 채 K는 끝내 친구를 위한 변명을 하지 못했다고 한다. 그러다가 6학년 때 S군은 전학을 갔고, 그 후로 한 번도 만나지 못했다는 것이다.

그런데 세월이 지날수록 그것이 죄가 되어 군에 가서는 자청해서 남의 잘못을 뒤집어쓰고 매를 실컷 맞아도 보았다고 한다. 아직도 S군에 대한 죄책감이 마음의 고통을 준다는, K의 붉은 눈시울 속에 또 다른 S군의 붉은 얼굴이 겹쳐 보였다. 가난했던 예전의 우리네 자화상과도 같은 슬픈 그의 이야기를 들으면서 나는 말없이 그의 빈 잔에 술을 거푸 따라주었다.

나에게도 가슴 찡한 기억이 있다. 초등학교 3학년 때였다. 미혼인 L 여선생님이 우리 반 담임이셨는데, 선생님은 키가 조금 큰 편에 입술이 도톰하면서 항상 나지막한 음성으로 우리를 가르쳐주신 인자한 분이셨다. 수업시간에 한복을 자주 입었으며 체육 시간에는 햇빛가리

개 창 모자를 즐겨 쓰시곤 하였다.

　그러던 어느 날, 선생님 집에 불이 났다며 남자 선생님이 수업을 대신하여 깜짝 놀랐다. 반장인 나와 친구 몇 명이 선생님 댁을 찾아갔을 때 집은 군데군데 불타 있었고, 선생님 얼굴은 퉁퉁 부어있었다. 하지만 우리는 변변한 위로의 말도 못한 채 그저 선생님 곁에서 걱정스러운 얼굴로만 시간을 보내다 돌아오고야 말았다. 생각해 보면 어린 우리로서는 어찌할 바를 몰랐던 것 같다.

　며칠 후 선생님이 출근을 하였다. 그리고 다음 날 점심시간이 되어갈 무렵 한 학부모가 교실로 찾아왔다. 그분은 낡은 보자기에 싼 무엇인가를 내어놓으며 선생님을 위로하는 것이었다. 학부모가 떠난 후 선생님이 보자기를 풀어헤치자, 그 안에는 뜻밖에도 삶은 고구마 몇 개가 들어있었다. 선생님은 울먹이며 그것을 먹지 못하고 점심을 굶고 있는 우리에게 내미는 것이 아닌가!

　지난날의 가난은 잊지 않는 게 좋겠다. 하지만 가난이 안겨준 마음의 고통은 빨리 잊는 게 좋을 성싶다. 생성의 존재는 마음이 결정하는 바에 따라가고, 있고 없는 것 또한 내 마음이 정하는 바에 따라 그것의 유무가 결정되니, 마음에 부담이 되고 삶의 무게를 무겁게 하는 이런 기억들은 모두 기억의 저장창고에서 내몰아야겠다. 진정한 행복은 즐거운 마음에 있는 것이니까.

🐾 상갓집

나이가 드니 상갓집에 갈 일이 자주 생긴다. 고인에 대한 슬픔과 지나온 세월에 대한 회한의 감정이 겹쳐 우울한 시간을 보내고 오지만, 한편으로 상갓집을 다녀올 때마다 봄날의 아지랑이처럼 아른아른 잊히지 않는 기억 한 편이 떠오르기도 한다.

오래전 늦은 여름 어느 날 오후, L 동장이 모친상을 당했다고 동사무소 직원이 전해왔다. 봉사단체의 장으로 일하고 있는 나에게 회원들과 같이 조문을 해주었으면 좋겠다는 말도 잊지 않았다. 그러나 다음 날은 지방 출장을 가야 하고 모레가 발인이라니 조문은 당일밖에 할 수 없었다. 회원들에게 연락을 해보니 다들 당일은 시간이 없다 하고 초읍동에 사는 친구 J와는 연락이 닿아 둘이서 조문하기로 약속을 하게 되었다.

J와 저녁 8시에 만나 온천장행 지하철을 탔는데, 양정역에 닿자 내 옆에 있던 분이 내리고, 예쁘장하게 생긴 30대 후반의 여인이 쇼핑 가방을 들고 내 옆 빈자리에 앉았다. 가는 도중 쇼핑 가방을 힐끔 보았더니 온천장에 있는 S 쇼핑이 영문으로 적혀 있었다. 여인은 내 옆에

밀착하다시피 앉아 있었다. 교대역에서 그녀 옆에 있던 두 분이 내리고 자리가 비었는데도 자세를 고칠 생각을 하지 않는다. 갑자기 가슴이 두근거리면서 괜히 긴장되었다. 친구가 하는 말도 건성으로 들은 채 나의 모든 신경은 그 여인에게로 쏠리고 있었던 것이다. 그날 따라 지하철은 왜 그리도 빠르게만 느껴졌던지…….

지하철이 명륜역에 다다르자 여인이 매무시를 고치며 내릴 채비를 하는 것 같았다. 다음 역은 목적지인 온천장역이 아니던가. 마침내 용기를 내어 여인에게 말을 건네었다.

"실례지만 온천장에 가십니까?"

"예, S 쇼핑에서 옷을 한 벌 샀는데 교환하려고요."

뜻밖에 여인은 내 물음에 순순히 대답해준다.

"우리도 온천장에 잠깐 볼일이 있어 가는데 돌아올 때같이 오면 안 되겠습니까?"라고 내가 다시 말하자, 여인은 잠시 생각하더니 그렇게 하라고 승낙을 하였다.

지하철이 온천장역에 들어섰다. 다 같이 내려 S 쇼핑으로 먼저 갔다. 나와 J는 앞에서 기다리고 여인은 S 쇼핑으로 들어갔다가 한참 후에 나와서는 우리에게 오래 기다리게 해서 미안하다며 미소를 지었다. 셋이서 상갓집을 찾아 나섰다. 가는 도중에 닭갈비 철판 볶음 체인점이 눈에 들어왔다. 사람들이 무척 붐비고 있었는데, 여인이 좋아한다고 하여 돌아오는 길에 들르자고 하였다.

그곳에서도 제법 많이 걸어가서야 상갓집이 눈에 들어왔다. 집 앞에는 조등이 내걸려 있었다. 내가 그 집안으로 들어서려는 순간 여인이 깜짝 놀라 내 옷소매를 잡으며 "이 집입니까?"라고 물었다. 사실을 알리면 동행하지 않을까 봐 이야기하지 못했다고 내가 사과를 하자 "나하고 상관없는 집이 아닙니까?"라며 버티는 여인에게 겨우 설득하여 같이 집안으로 들어섰다. 그곳에는 여러 사람이 북적대고 있었다.

방안으로 들어가 세 명이 같이 조문을 하고, 우리 동에 근무한 지얼마 되지 않은 동장에게 우리 회원들이라고 소개하자 고맙다고 인사를 건네주었다. 조금 뒤 그 집을 빠져나왔을 때 "엉겁결에 들어가서 절은 하였지만 이런 일은 내 평생 처음입니다."라고 하며 여인이 투덜댔다. J가 이제 모두 잊어버리고 닭갈비 볶음이나 먹으러 가자고 화제를 돌렸다.

그런데 가는 도중에 아무래도 오늘은 시간이 늦어 집에 들어가야하니 다음에 사달라고 여인이 말했다. 그날이 마침 토요일이라 다음 토요일 날 저녁 8시에 서면에 있는 커피숍에서 만나자고 서로 약속을 하고는, 미안한 마음에 택시를 잡아 같이 타고 오다가 여인은 양정에서 먼저 내려주고 우리는 서면으로 돌아왔다.

아내에게 미안한 마음은 잠시, 그날 이후 내내 설레는 마음으로 기대하고 있었건만, 하필이면 서울에 갈 일이 또 생겨 J에게 대신 그녀를 만나고 오라고 신신당부를 하였는데도 J도 그날 사정이 생겨 못 나갔다고 한다. 죄 없는 친구가 정말 원망스러웠지만 내색은 하지 못했고, 그 이후로 다시는 그 여인을 만나지 못했다. 얼마나 나를 실없는 놈이라고 했을지 지금 생각해도 얼굴이 붉어진다.

어쩌면 그 당시 일은 까마득하게 잊고 어디에선가 50대 초반의 인생을 잘 살아가고 있겠지만, 한때의 치기稚氣 어린 나의 행동이 잠시나마 그 여인에게 불쾌감과 상처를 주었다면 이 글을 통해 진심으로 사죄하는 마음을 전하고 싶다.

앞으로의 남은 내 삶에 있어서 다시는 그때처럼 설레는 감정을 느낄 수 없을 거라는 아쉬움은 여전하겠지만…….

🐱 단추

오션타워 로비 문을 열고 나왔을 때 어딘가 허전하여 상의를 내려다보니 단추 하나가 떨어져 나가고 없었다. 어느 사람의 가슴에 반짝이며 달려있는 단추이고 싶었던 것일까? 대롱대롱 매달려 출렁이면 금방이라도 고운 빛을 내는 그런 단추가 집을 나가버렸다. 작은 동그라미를 엮어 매어 콩닥콩닥 여인의 숨소리도 품고 사는 가슴 뛰는 그런 단추이고 싶었던 걸까? 나를 떠난 단추가 원망스러웠다.

며칠 전에 청첩장을 받았다. 2007년 12월 9일 오후 2시에 해운대 그랜드 호텔 2층 컨벤션홀, 단체장으로 있는 선배님 차남의 결혼식이라, 책상 위에 놓여있는 캘린더에 메모를 해두었다. 집에서 1시간 정도 걸릴 것 같아 오후 1시에 가까운 동의대역에서 지하철을 탔는데, 해운대 동백역에서 내려 시계를 보니 1시 45분이었다. 호텔까지 도착하는 데 신호등이 있어 빨라도 10분은 걸릴 것 같아 정신없이 가다 보니 모양이 비슷한 오션타워로 잘못 들어갔던 것이다.

마침 위의 단추가 떨어져 나가 아래 단추로 잠가 보았으나 영 모양이 나지 않아 앞을 열고 호텔 예식장에 들어섰다. 거기에는 혼주가 구의회 의장까지 지낸 분이라서 그런지 유명 인사들을 비롯하여 많은 사람들이 북적대고 있었다. 겨울인데다 엄숙한 결혼식에 상의 단추를 열어젖히고 혼주에게 인사를 한다는 것이 예의가 아닌 것 같았지만 그렇게 할 수밖에 없었다.

접수대에 축의금 봉투를 내어놓자 점심시간이 지났는데도 식권을 주는 게 아닌가. 아는 사람들과 인사를 나눈 후, 여덟 명씩 앉을 수 있는 원탁 테이블 어느 자리가 비어있어 단체장을 맡고 있는 우리 동네 S 씨와 같이 앉았다. 예식을 지켜보고 있는데 식사로 안심스테이크가 나왔다.

예식이 끝나자 나는 오던 길로 가면서 단추를 찾아볼 생각이었다. 단추 이야기를 하며 S 씨에게 먼저 가라고 하자, 그는 껄껄 웃으면서 어디에 떨어졌는지도 모르는 단추를 어떻게 찾느냐며, 조방 앞에 있는 자유시장에 가면 없는 단추가 없으니 다음에 거기 가서 찾고, 같이 가자고 하였다. 그때 마침 역시 우리 동네에 사는 전 구의원 H 씨를 만나, 그들의 권유에 못 이겨 할 수 없이 S 씨의 승용차로 돌아오게 되었다.

동백역까지 오는 동안 차창 밖으로 인도를 쳐다보아도 잃어버린 단추는 없는 것 같았다. 전경이 좋은 광안대교 쪽으로 올 때 옷을 구입한 L 백화점 앞에서 내려달라고 S 씨에게 부탁하였다. 한참 후 황령산 터널을 지나왔을 때, 가만히 보니 우리 동네인 가야 쪽으로 바로 가는 것 같아 L 백화점 가까운 곳에 내려 달라고 하자, 서면 쪽으로 방향을 틀어 오는데 차들이 많이 막혀 미안한 생각이 들었다.

재작년 초겨울, 딸만 둘인 나에게 시집을 안 간 막내딸 아이가 서면에서 외식을 하자고 하였다. 식사를 하고 나오다가 딸아이가 L 백화점에서 쇼핑도 하고 가자고 졸라, 에스컬레이터를 타고 4층까지 오게 되었다. 견물생심이라고 할까, K 자로 나가는 어느 매장에 걸려 있는 녹색 코르덴 상의에 내가 눈을 떼지 못하자 이를 눈치챈 딸아이가 가격을 물어보는 것이었다. 30% 세일을 하고도 너무나 고가라서 내가 깜짝 놀라며 가자고 했는데, 짠했던지 카드 할부로 나에게 그 옷을 선물하는 것이었다. 정말 눈물이 나도록 고마웠다. 이것이 딸아이를 가진 아비의 마음인가? 아낀다고 그해 겨울에 서너 번, 그다음 해에도 서너 번밖에 입지 않았다. 첫해 겨울 어떤 모임에 처음 입고 나갔을 때 Y 도서 K 사장이 멋지다고 추켜주기까지 하던 옷이다.

L 백화점 옆에서 차를 내려 곧장 4층에 있는 매장으로 달려갔다. 결혼시즌 때문인지, 아니면 공휴일이라서 그러지는 몰라도 제법 많은 손님이 옷을 고르고 있었다. 나는 바쁘게 움직이는 몇 명의 직원들 중, 40대 초반으로 보이는 직원에게 다가갔다. 상의를 보여주면서 '왜 이렇게 단추가 빨리 떨어지느냐'고 투덜댔더니, 직원은 조금 기다리라고 하고는 이내 제법 큼직한 박스를 가져왔다. 거기에는 가지각색의 단추가 가득 들어 있었다. 그 많은 단추를 들춰보자 가까스로 모양은 같은

데 색깔이 다른 것이 있었다. 내 상의의 단추는 검은색인데 그 단추는 진한 밤색이었다.

직원이 말했다. 단추를 전부 갈면 어떻겠습니까? 그러고는 내 눈치를 살피는 것이었다. 그런데 단추를 갈면 앞쪽 큰 단추 2개, 양쪽 옷소매에 있는 작은 단추 6개, 단추 하나 때문에 8개를 다 갈아야 될 판이니 기분이 찝찝했다. 내가 직원에게 좋은 수가 없겠느냐고 물었더니 본사에 한 번 연락해 보는 수밖에 없다고 하였다. 할 수 없이 상의에 달려있는 아래 단추를 위에 달고, 진한 밤색 단추를 달아 달라고 상의를 벗어주자 잠시 후에 단추를 달아서 가져왔다. 본사에 연락이 오면 전화해 주겠다고 하여 내 연락처를 적어주고 직원에게 명함을 달라고 하여 보았더니 점장이었다.

백화점을 빠져나와 집에 가는 지하철을 타고 동의대역에서 내렸다. 처음 올 때 들어온 입구 쪽으로 가서 혹시나 하고 단추를 찾아보았으나 허사였다. 밖으로 나가 집으로 갈까 하다가, 오기가 생겨 다시 해운대로 가는 지하철을 타고 동백역에서 내렸다. 예식장에 갈 때 빠져나갔던 출구 쪽에 가서 단추를 찾아보았으나 역시 허사였다. 온 김에 타워 로비까지 가 보기로 마음먹고, 지하도 계단을 올라갔을 때 걱정한 대로 어둠이 깔려있었다. 시계는 오후 6시를 가리키고 있었다. 가로등이 띄엄띄엄 있어 희미한 불빛 아래 인도를 지나면서 단추를 찾기가 무척 힘들었다. 바닷가가 가까워지자 차들이 밝혀 주는 불빛과 어울려 거리가 제법 훤하였다. 하지만 오션타워 로비까지 가 보았지만, 단추는 찾을 수 없었다. 잘못 간수해서 떨어져 나간 단추가 딸의 사랑을 더욱 생각나게 하였다. 딸의 정성을 되찾는 일은 모두 허사였다.

동백역에서 다시 지하철을 타고 오면서 단추 하나 때문에 정신이 하나도 없었던 하루 일과를 돌이켜 생각해 보았다. 옷자락에 대롱대롱 달려 언제 떨어질까 불안했지만 내 손끝이 닿기만 하면 언제나 반짝이며 뽐내는 그런 단추가 아니었던가. 떨어져도 미처 알지 못하는, 있었는지조차 알지 못하는 속주머니 깊은 곳에 있고 싶은 것일까? 작은 단추 소망을 내가 어찌 알겠는가? 세상 일이 내 마음대로 안 된다는 걸 단추를 잃어보니 알겠다. 딸아이의 마음이 담긴 단추라 더욱 안타깝다. 한 해가 다 가고 있는 이때, 올 한 해 떨어져 나간 단추는 없는지 잘 살필 일이다.

🐶 강요된 짝짓기

    지나친 강요는 뜻밖의 화를 부를 수도 있다. 그것은 사람은 물론 동물도 마찬가지다. 가능한 한 강요는 하지 않는 것이 좋겠지만 부득이할 때 방심은 금물이다. 1994년 여름 어느 날 새벽, 며칠 전에 짝짓기 상담을 하러 왔던 50대 초반의 남자 손님이 진돗개 황구 암놈을 데리고 우리 집으로 찾아왔다. 진돗개 종견 두 마리가 운동 때문에 애견센터로부터 약 500미터 거리에 있는 집에 있었기 때문이다.

    먼저 암놈 부위부터 살펴보았더니 시기가 빨랐다. 내가 주인에게 진돗개는 짝짓기를 시키기가 힘이 드는 데다 시기가 조금 빨라 3~4일 후에 시키자고 하자, 주인은 마음먹고 왔다며 그때 다시 데리고 올 테니 한번 시켜달라고 사정을 하는 것이었다. 애견들의 짝짓기는 자기들끼리 친해져서 자연스럽게 하는 것이 가장 이상적인 방법이고 수태율도 높다. 그러나 애견센터에서는 그럴 시간적 여유가 없기 때문에 자기들끼리의 짝짓기를 몇 번 시도해 보다가 여의치 않으면, 대형견의 경우에는 대부분 암놈에게 마스크를 씌우거나 줄로 입을 동여매어 머리 뒤에서 묶은 후, 주인이 장갑을 끼고 목걸이에 양손가락을 걸고 손으로 얼굴과 귀를 싸잡은 다음 짝짓기를 시킨다.

그런데 이놈은 시기가 좀 빠른데다 성질이 급하여 마스크도 앞발로 벗기고 주인이 입을 동여매려고 하면 잽싸게 발로 걷어치워, 하는 수 없이 집에 있는 다른 줄을 하나 더 목에 걸고는, 정원의 밑 둥지에서 약 10센티미터의 간격으로 두 가지가 비스듬히 위로 뻗어있는 제법 큰 나무 사이로 암놈의 목에 연결되어 있는 두 줄을 넣었다. 그리고는 각각 한 나무에 한 번씩 두르고는 주인이 나무를 사이에 두고 앞에서 당기고 나는 암놈의 꼬리와 뒷다리를 잡고서 짝짓기를 시도하게 되었다.

하지만 이 역시 이놈이 발버둥치면서 자꾸만 소리를 크게 질러 이른 아침에 동네 사람들의 안면에 방해가 될까 봐 할 수 없이 멈추었다. 사실 아무리 사나운 개라도 이 방법으로는 다 성공했는데 이놈은 도저히 자신이 없었다. 개는 선천적으로 성질이 사나운 놈도 있지만 대부분 후천적인 것으로, 개를 한곳에 묶어놓고 키우면 스트레스를 받아 성질이 사나워질 수 있으므로 강아지 때부터 한 번씩 풀어서 키워야 한다. 이놈도 한 곳에 계속 묶어놓고 키웠다는 것이다.

내가 주인에게 오늘은 더 이상 짝짓기가 불가능하니 며칠 후에 다시 시키자고 권유하자, 주인은 고생한 것이 아깝다며 그럼 산으로 가서 시키자는 것이었다. 나 역시 오기가 생겨 가까이 있는 황령산으로 두 놈을 데리고 갔다. 산 중턱에 다다르자 짝짓기시키기에 알맞은 자리가 눈에 들어왔다. 이곳이라면 누구의 간섭도 받지 않아 성공할 수 있겠구나 하는 생각이 들었다.

우리는 이내 그곳에 있는 제법 큰 소나무 쪽으로 가서 같은 방법으로 짝짓기를 시도하였다. 하지만 역시 이놈의 거친 반항으로 번번이 실패하고 말았다. 벌써 아침나절이 훨씬 지나고 있었고, 더 이상 짝짓기가 불가능하였다. 내가 도저히 자신이 없다고 말하자 주인이 이제 암놈도 기운이 많이 빠졌으니 한 번만 더 시도해 보자는 것이었다.

마지막으로, 이번에는 암놈의 줄을 나무에 바싹 붙여 한번 묶은 다음 주인이 힘껏 당기고 내가 뒤에서 짝짓기를 시키는데, 이놈이 처음 몇 번 반항하다가 가만있어 이번에는 성공되는구나 싶어 기뻐하는 순간, 갑자기 이놈이 힘이 없어 얼굴을 보았더니 숨을 몰아쉬고 있는 것이 아닌가. 깜짝 놀라 나무에서 재빨리 줄을 풀고 즉시 인공호흡을 시켰으나 끝내 그놈은 숨을 거두고 말았다.

인간이나 동물이나 자연스러운 것이 으뜸일진대, 견륜지대사犬倫之大事를 인위적으로 치르게 하다가 그만 생명을 잃게 하였으니 너무나 안타깝고 죄스러운 마음이 들었다. 한동안 산속에 주저앉아 있다가 내려오는 길에 "누구의 잘못도 아닙니다. 오늘 저와 인연이 다한 것 같습니다."라고 말하는 주인의 눈가에 이슬이 맺혀있었다.

🐾 천재지변

우리는 천재지변으로 한순간에 엄청난 재난을 당하는 것을 매스컴을 통해 종종 보게 된다. 그러나 그것이 나와 무관한 일이라고 쉽게 잊어버리기도 한다. 나에게도 아주 작은 일이지만 그냥 웃어넘겨 버릴 수 없는 기막힌 사건이 있다.

1980년 전후 여름으로 기억된다. 어떤 손님이 진돗개 A급 강아지 한 쌍을 구해 달라고 하여 선금을 받은 지가 제법 되었는데도 마땅한 놈이 없어 애를 태우고 있었다. 그런데 평소 울산에서 우리 애견센터에 한 번씩 들르는 L 씨가 마침 찾아왔기에 사정을 이야기하자, 그는 부산에서 애견을 키우던 P 씨가 울산 태화강 변에서 애견 번식을 하는데, 며칠 전에 가 보았더니 진돗개 강아지가 있는 것 같다는 것이었다. 그러고는 볼일을 보고 울산에 가면 확인을 하여 전화를 주겠다고 하였다.

나는 눈이 번쩍 뜨였고, 그날 저녁에 L 씨한테서 전화가 왔다. 그는 기분이 좋은 듯 강아지가 있다면서 고맙게도 P 씨를 바꾸어 주어 서로 반갑게 안부를 전하고 내가 내일 오후에 가겠다고 하였다. 그러고는 그날은 가벼운 마음으로 일찍 잠자리에 들었다. 품종이 좋은 진돗개 강아지를 구입해 올 것을 기대하면서…….

다음 날, 진돗개 강아지가 급해 울산을 가겠다고 약속을 하였지만, 막상 가려고 하니 며칠째 비가 내리고 있는데다 차마저 없어 어쩐지 가기가 싫어졌으나, 오후가 되자 비가 그치는데다 강아지를 팔아버리면 어떻게 하나 하는 생각에 울산 가는 버스를 탔다.

울산에 도착하여 L 씨가 일러 준 대로 P 씨의 번식장을 찾아갔다. 그는 오랜만에 나를 보자 무척이나 반가워하였다. 나는 강아지부터 보아야 하겠기에 번식장부터 둘러보자고 하였다. 그러자 그는 나를 번식장으로 안내하였는데, 제법 번식장답게 지어져 있는데다 품종이 좋은 대형견들이 많아 P 씨도 이제 자리를 잡는구나 싶었다. 진돗개 강아지는 장 마지막 쪽에 있었고, 참한 다섯 마리가 어미 옆에서 놀고 있었다.

내가 그중에서 마음에 드는 한 쌍을 골라 계산을 끝내고 바로 부산으로 가야겠다고 하자, 그는 모처럼 왔는데 저녁에 술이나 한잔하고 가라고 나의 손을 잡고 놓아주지를 않는 것이었다. 저녁 무렵이 되자 비가 다시 내리기 시작하였다. P 씨가 번식장 일을 서둘러 마치고 같이 앞 동네로 나왔다. P 씨가 L 씨에게 연락하여 셋이 되었다. 우리는 이 집 저 집 술집을 돌아다니면서 주거니 받거니 하며 밤 12시 가까이까지 술을 마셨다. 마신 술이 거나하게 취해 비가 많이 오는 줄도 몰랐다.

우리는 그 후 헤어져 L 씨는 자기 집으로 가고 나는 번식장에 딸린 작은방에서 P 씨와 같이 잠을 자게 되었다. 술이 과해서인지, 정신없이 자다가 날이 샐 무렵 밖에서 물 흐르는 소리가 나고 사람들 웅성거리는 소리에 정신이 번쩍 들어 급히 P 씨를 깨워 밖으로 뛰어나갔다.

태화강이 홍수가 나서 범람하고 있었다. 더욱 눈앞이 캄캄한 것은 이미 P 씨의 번식장 대부분이 강물에 떠내려갔고 어제 보았던 진돗개 강아지들도 모두 떠내려가고 없었다. 한편 상류에선 가재도구 등과 돼지 같은 것도 떠내려오고 있었다. 나는 허겁지겁 그 자리를 빠져나왔다. 하지만 P 씨는 남아있는 애견 한 마리라도 더 구해내려고 필사적이었다. 나는 사라호 태풍 이후 처음 보는 물난리에 어이가 없었지만, 밤에 조금만 비가 더 왔더라면 나도 강물에 떠내려갔을 것을 생각하니 정말 아찔했다. 그러는 동안 아침이 되자 공교롭게도 비는 그쳤고 강물도 더 이상 불어나지 않았다.

나는 허탈감에 빈손으로 부산으로 돌아오게 되었다. 차를 타고 오는 내내 조금 전까지 그저 떠내려가던 개들을 망연자실 바라만 볼 수밖에 없었던 태화강의 참상이 눈에 밟혔다. 강아지를 구하러 갔다가 사람 생명까지 위험할 뻔했었던 천재지변이었다면 단지 나의 비겁한 변명에 불과할까?

그 이후 그곳은 위험지역으로 번식장을 할 수 없게 되었고, 안타깝게도 나는 그 후에 한 번도 P 씨를 만나지 못하였다.

순산

늦은 밤에 강아지의 순산을 도와주러 온 외간 남자와 새댁인 아내가 자기 집 안방에 같이 있어도, 야근 때문에 갈 수 없는 남편의 마음은 어떠할까?

1992년 8월경, 두 달 전에 말티즈 짝짓기를 시키고 간 새댁으로부터 연락이 왔다. 저녁에 말티즈가 새끼를 낳는데, 새끼가 머리만 나와 있는지가 제법 오래되어 겁이 나서 동물병원에 연락해 보았으나, 늦은 시간이라 문을 닫았는지 전화를 받지 않는다며 빨리 와서 좀 도와 달라는 것이었다.

시계를 보니 저녁 9시였다. 늦은 시간이었지만 종종 있는 일이라 가지 않을 수가 없었다. 위치를 물어보자 사상에 있는 서부 시외버스 터미널 부근이라고 하여 급히 차를 몰고 터미널에 도착해서 공중전화로 연락하였더니, 5분쯤 지나자 헐레벌떡 그녀가 나타나 차에 태우고 자기가 사는 곳으로 갔다. 그곳은 평범한 주택가의 어느 집 자그만 문간방이었다.

방에 들어서자 어미가 박스에 담겨 있고 미닫이가 열려있는 저쪽 방에는 갓난아기가 자고 있었다. 급한 마음에 우선 어미를 살펴보았다. 새끼가 머리만 나와 있는 상태에서 이미 죽어 있었다. 그녀에게 어미를 꼭 잡게 하고 새끼를 손으로 빼어내려고 하자, 새끼가 큰데다 죽어서 몸이 불어있어 쉬운 일이 아니었다. 어미는 아프다고 소리를 지르고 반사적으로 물려고 하여 겨우 달래가면서 새끼를 빼내었다.

새끼가 나오자 어미는 시원한 표정을 짓는 것 같았다. 그러자 안절부절못하며 지켜보던 그녀가 이제는 새끼가 없느냐고 조심스레 나에게 물었다. 내가 어미의 배를 만져보고는 세 마리가 더 있다고 하자 그녀는 불안해하면서 눈물을 글썽였다. 나는 그제야 정신이 들어 "아저씨는 안 계십니까?"라고 묻자 그녀는 "오늘 아빠는 회사에서 야근을 하고 있습니다."라고 답하면서 새끼를 다 낳을 때까지 도와 달라고 사정을 하는 것이었다. 나는 그 순간 그곳을 빨리 빠져나가고 싶었지만, 어미 뱃속에 남아있는 새끼 때문에 더 머물러야 하겠기에 불편한 심기를 지울 수 없었다.

나는 그녀에게 휴지와 실, 가위, 소독약, 신문지, 비닐봉지 등을 준비하라고 하고는 죽은 새끼는 휴지로 감아 신문지에 싸서 비닐봉지에 넣어 두었다. 그리고 어미는 휴지로 깨끗이 닦고, 박스 안은 새 신문지를 깔고 신문지를 쭉쭉 찢어 넣어 푹신하게 만든 다음 어미를 다시 넣어주고 새끼 낳기를 기다렸다. 약 20분쯤 지났을까? 반갑게도 어미가 힘을 주기 시작하였다. 한참 동안 힘을 주자 새끼가 보를 쓰고 나오는데, 절반쯤 나왔을 때 어미가 쉬는 것이었다. 나는 그녀에게 어미의 머리 쪽을 잡게 하고 조심스럽게 요리조리 당겼더니 새끼가 겨우 나왔다.

내가 얼른 보를 벗기자 새끼가 호흡을 멈춘 데다 힘이 하나도 없어, 계속 인공호흡을 계속시키자 울음을 터뜨리며 살아나는 것이 아닌가! 나는 그 순간들이 제일 행복했다. 꺼져 가는 생명을 살렸다는 자부심 때문일까? 그때야 새끼를 자세히 살펴보니 하얀 암놈이었고, 첫 번째 것보다 조금 작았다.

그때 전화벨이 울렸다. 남편인 것 같았다. 그녀가 내가 여기에 와서 새끼를 받아내고 있다고 사정을 이야기하자 그 후부터는 수시로 전화가 오는 것이었다. 아마도 외간 남자가 자기도 없는 집에 밤에 와 있다는 것이 신경 쓰이는 것 같았다. 어미의 배를 만져보자 확실히 두 마리가 더 있었다. 하지만 나는 더 있기가 쑥스러웠다.

그녀에게 두 마리가 더 있는데 곧 낳을 것 같으니 내가 하던 방법대로 하면 된다며 일어서려 하자, 그녀는 이왕 왔으니 조금만 더 도와달라고 사정을 하는 것이었다. 그때 마침 아기가 깨어 울기 시작했다. 그녀가 아기에게 다가가 기저귀를 갈아준 후 안고 토닥거리는 데도 아기는 계속 울었다. 그녀가 우유를 타서 젖병을 물리자, 그제야 아기는 울음을 그쳤고 이내 잠이 드는 것 같았다.

그러는 사이에 어미는 산기를 느꼈는지 다시 힘을 주기 시작하였다.

나는 또 남편의 전화가 올 것만 같아 어미가 빨리 새끼를 무사히 낳아 주기를 마음속으로 빌었다. 그녀도 걱정스럽게 어미를 쳐다보고 있었다. 우리의 텔레파시가 통했는지 운 좋게도 이번에는 어미가 몸집이 작은 새끼를 낳는 것이 아닌가. 역시 암놈이었다. 내가 가위로 탯줄을 끊어서 그녀에게 주었더니 새끼가 예쁘다며 부드러운 수건으로 닦고 쓰다듬고 하는 것이었다.

그러고는 그녀도 나와 남편의 불편한 마음을 눈치채었는지 이제는 자기가 먼저 남편에게 전화를 걸어 새끼를 두 마리 낳았으며, 이제 한 마리만 더 낳으면 된다고 안심을 주는 것이었다. 그리고 서로 마지막 새끼가 빨리 나오기를 기다리고 있는데 갑자기 정전이 되었다. 나는 깜짝 놀랐고 당황스러웠다. 조금 있다가 그녀가 초를 찾으려고 일어서자 다행스럽게도 다시 전깃불이 들어왔다. 나는 휴 하고 안도의 한숨을 쉬었다.

그렇게 그럭저럭 하는 사이 어미가 마지막 새끼 한 마리를 낳았다. 수놈이었다. 내가 세 마리의 새끼를 어미젖에 물려 새끼들이 젖을 빠는 것을 보고 자리에서 일어서자 그녀는 고맙다고 내 손에 2만 원을 쥐여주는 것이 아닌가. 그러나 나는 그 돈을 받을 수가 없었다.

잠시 후 그녀가 말했다. "정말 고맙습니다. 새끼를 잘 키우고 다음 짝짓기 때도 꼭 거기로 갈게요. 조심해서 가세요!"라고……

내가 그녀의 집을 나섰을 때 시계는 자정을 훨씬 넘어 있었고 내 몸은 몹시도 젖어 있었지만, 피곤함을 잊은 것은 어쩌면 꺼져가는 생명을 살려낸 보람 때문이었는지도 모른다.

🐾 피아노 레슨과 K 여선생

음악과는 인연이 없어서일까? 어쩌다 피아노 선생을 만나 그렇게도 배우고 싶었던 것을 끝내 접어야 하는 내 마음을 몰라주던 사람!

1992년 여름, 어느 중년 부인과 20대 중반의 미모의 여성이 소문을 듣고 왔다며 토이푸들 강아지를 찾았지만, 원하는 강아지가 없어 나는 그들에게 며칠 후에 구해 주겠다며 토이푸들에 관한 이야기를 늘어놓았다. 그런데 이야기를 하면서 나는 그들로부터 말로 표현할 수 없는 무엇인가에 빠져들게 되었고, 조용히 듣고 있던 그들도 이해가 가는 듯 고개를 끄덕이며 선금을 걸고 연락처를 적어주는 것이었다.

며칠이 지났다. 강아지를 구해놓고 내가 전화를 하자 단숨에 그녀가 달려와서는, 어머니는 바빠서 같이 못 오고 자기 혼자 왔다는 것이다. 그러고는 강아지를 보더니 작고 귀여워 마음에 쏙 든다며 어린애처럼 좋아하다가, 자기는 집에서 학생들에게 피아노를 가르치고 있는데 혹시 배울 사람이 있으면 소개를 해달라는 것이었다.

나는 피아노를 가르친다는 그녀의 말에 귀가 솔깃하여, 그때를 놓칠세라 나도 꿈이 성악가나 가수 아니면 발라드풍의 가요 작곡가였는데, 그 꿈을 이루지 못하고 피아노는 조금 친다고 하자, 그녀는 늦게 배운 사람도 많다며 아직도 늦지 않았으니 피아노를 한번 배워보라고 권유를 하는 것이었다. 음악에 관해서 이야기를 주고받자 나는 그녀와 아주 친한 사이가 된 것 같은 착각에 빠지게 되었고, 그녀 역시 갈 생각은 않고 열심히 나의 말에 응답해 주면서, 음악을 하는 사람들은 마음이 여리다는 둥 이런저런 이야기를 하고는 피아노도 제각기 소리가 다르다는 것이었다.

그녀를 아쉽게 보내고 가난 때문에 한 맺힌 나의 지난 음악 세계를 떠올리자, 그녀와의 인연으로 다시 음악을 할 기회가 올 것만 같은 생각이 들었다. 며칠 후, 나는 그녀의 보드랍고 예쁜 손에서 피아노 레슨을 꿈꾸며, 집사람에게, 아이들에게 피아노 연습도 시키고 나도 좀 배우고 싶다며 피아노 한 대를 사자고 설득하였다. 그랬더니 뜻밖에도 집사람이 순순히 응해주어, 며칠 후 그녀의 소개로 피아노 한 대를 구입하여 애견센터에 딸린 방에 들여놓았다. 그리고 그녀가 일주일에 두 번씩 출장을 와서 한 시간씩 레슨을 해 주기로 하였다. 그때 자기가 K 선생이라고 알려주었다. 나는 그렇게 해서 행복한 마음으로 피아노를 배우게 되었고, 레슨 시간에 K 선생과 같이 피아노 앞에 앉으면 사춘기를 맞은 아이들마냥 가슴이 설레었다.

처음에는 피아노 소리에 애견들이 놀라 소리를 줄이기도 하면서 바이엘 교재 등으로 한 달쯤 열심히 레슨을 받자, 동요 곡 같은 것은 제법 치게 되었다. 하지만 나의 손 자세가 좋지 않아 미혼인 K 선생이 손 자세를 바로잡으려고 나의 손을 자꾸 만지게 되자, 피아노를 칠 줄 모르는 집사람이 이를 이해 못하고 질투를 내어 K 선생으로부터 피아노를 배우지 못하게 하는 것이 아닌가. 그러나 미모의 여성인데다 열성을 가지고 알기 쉽게 가르쳐주는 K 선생에게서 피아노 배우는 것을 그만둔다는 것은 나에게 있을 수 없는 일이었다.

그래서 내가 집사람을 여러 번 설득하였으나, 기어이 뜻을 굽히지 않아 부득이 K 선생과 의논하여 집사람 몰래 K 선생 집에서 레슨을 받기로 하였다. K 선생 집에서 2주일 정도 레슨을 받고 있을 때였다. 울산에서 손님이 강아지를 사러 온다기에 그날 애견센터에서 만나기로 해놓고, 깜박 잊고 그날 오후 K 선생 집에서 피아노 레슨을 받고 있었다. 그런데 그런 사실을 모르는 울산의 손님이 와서 나를 찾았다. 집사람이 내가 갈 만한 곳에 전화를 해 보았으나 찾을 수 없자, 그는 한참을 기다리다가 성을 내고 다른 애견센터로 가고 말았다.

손님이 가고 난 후 집사람이 혹시나 하고 애견 노트에 적힌 K 선생 집에 전화를 하자, 이 사실을 알 리 없는 K 선생 어머니가 받아 나에게 넘겨주었다. 내가 전화를 받자마자 집사람은 "당신 정신이 있는 사람이냐?"라고 노발대발이었다. 나는 깜짝 놀라 황급히 달려가 애견센터에 들어서는 순간, 집사람은 "손님과 약속도 잊어가면서 그 선생이 그렇게 좋으냐?"라고 아예 연인 사이라도 되는 것처럼 나를 몰아세웠다. 나는 너무나 기가 막혔지만, 집사람의 마음을 달래야 하겠기에 사과부터 하였다. 그러나 며칠이 지나도록 갈등이 계속되고 분위기가 좋지 않아, 나는 K 선생의 집 전화번호를 볼펜으로 지워버렸다.

그것이 또 화근이었다. 전화번호가 지워져 있는 것을 더 의심한 집사람이 노트를 경찰서에 가지고 가서, 남편이 바람이 났다는 구실로 지워진 번호를 알아내고는 K 선생 집에 전화를 걸어 한바탕 법석을 떨었던 것이다. 정말 망연자실이었다. 그뿐이 아니었다. 싸움이 더 커져서 자기 올케언니까지 불러들이고 이혼한다는 말까지 나왔으나, 다행히 올케언니의 중재로 그 일이 수습이 되었다.

나는 그로 인해 아쉽게도 피아노 레슨을 접어야 했다. 아마 그때 내가 피아노를 계속 배웠더라면 내 인생은 어떻게 되었을까? 그 후 2년 후엔가 지금의 부산시민공원으로 다시 태어난, 하야리아부대 축제 때 먼발치에서 K 선생을 한번 보았으나 차마 가까이 다가갈 수가 없었다. 돌이켜보면 사랑을 나눈 것도 아니고, 그렇다고 짝사랑도 아닌 그저 아름다운 여성에게서 내가 좋아하는 음악의 세계를 찾았을 뿐인데, 그 뜻을 끝내 접어야 했던 그 순간이 나에게 아직도 안타깝고 아쉬울 뿐이다.

그리고 지금은 어디에서 어떤 삶을 살고 있는지 모르지만, 내가 아직도 K 선생과 그 어머니를 한 번씩 떠올릴 때 숙연해지는 것은 그들에게 진 마음의 빚 때문인지도 모른다.

4장

비 오는 날 밤에 생긴 일

　사람들은 누구나 유행에 민감하다. 좋아는 하지만 갖지 않았던 것을 한동안 잊고 있다가, 요즈음 유행한다는 말을 들으면 큰일이라도 난 것처럼 서둘러 가져야겠다는 성급한 마음이 들곤 한다.

　1986년 여름 어느 날, 그날은 온종일 비가 내리고 있었다. 오후 8시경 일과를 마치고 문을 닫으려고 하는데 30대 후반의 키가 크고 날씬한 여인이 찾아와서 도사견 강아지 암놈 한 마리를 구해달라는 것이었다.

　대부분의 여성들은 요크셔테리어, 푸들, 말티즈, 포메라니안, 치와와, 시추 등 작은 소형견을 찾는데 뜻밖에 대형견인 도사견 강아지를 그것도 비가 오는 밤에 구해달라기에, 오늘은 비도 오고 밤도 되어 마쳐야 되겠으니 다음 날 오라고 하자, 오늘 강아지를 가져가지 않으면 안 된다며 자기의 사정을 털어놓았다.

　자기 남편이 울산 모 초등학교 교사인데 요사이 유행하는 도사견 강아지 한 마리를 키워야 되겠다고 하기에, 도사견은 덩치가 너무 크고 사육하기가 쉽지 않아 몇 번 거절하였으나, 오늘 저녁 또다시 부부싸움이 벌어져 그 길로 울산에서 부산까지 왔다며, 오늘 강아지를 구하지 못하면 집에 들어가지 않겠다고 하였다. 사실 그 당시 붉은 색상의 털이 짧고 얼굴에 검은 마스크를 낀 도사견 강아지가 고가로 판매되고 있었다. 사정을 들어보니 예삿일이 아니었다.

우선 비도 오고 날이 어두워 가까운 곳에 위치한 도사견을 키우는 집부터 연락을 해보았더니 젖을 뗄 강아지가 있다고 하여 쉽게 해결되는 듯하였다. 그러나 막상 강아지를 보니 색상도 붉지 않고 마스크도 약하여 권할 수가 없었다. 하는 수 없이 그 집을 빠져나오자 빗줄기는 더욱 거세졌다. 또 다른 곳에 연락하여 두 곳을 더 가보았으나 역시 마찬가지였다. 그래서 저녁 시간도 오래되었고 비도 이렇게 많이 오니 다음에 만나자고 하자, 그녀는 "오늘 강아지를 구하지 못하면 집에 들어가지 않겠다고 하지 않았습니까?"라고 하면서 펄쩍 뛰었다.

그 순간 명장동 산속에 있는 L 씨의 번식장이 떠올랐다. 그곳에는 우리가 원하는 강아지가 있을 것 같았다. 내가 다시 말했다. "마지막으로 한 군데 가볼 곳이 있지만, 그곳은 산속에 있는 번식장이라 이 비 오는 밤에 갈 수 있겠습니까?"라고 하자 그녀는 "산속이 아니라 어디라도 가겠습니다."라고 하며 빨리 가자고 재촉하였다.

명장동에 도착하여 차를 산 밑에 세워두고 비 오는 산속을 둘이서 걸어가는데, 날이 어둡고 산길이 미끄러워 서로 넘어지기도 하고 돌부리에 채이기도 하여 가는 길이 여간 힘들지 않았다. 나는 마음속으로 되뇌었다.

"애견이 아니면 이 비 오는 밤에 산속을 낯선 남녀가 서로 믿고 같이 갈 수 있을까?"

한참 후 어렵사리 L 씨의 번식장에 도착하였다. L 씨가 거처하는 방이 안쪽에 멀리 떨어져 있어, 입구에 있는 문을 세게 두드리고 큰소리로 여러 번 불러도 아무 대답이 없고 개들만 시끄럽게 짖어댔다.

'혹시 번식장에 없는 것은 아닐까?' 하는 생각에 마음이 불안하고 초조했다. 하지만 또다시 부르기를 여러 번……. 그때야 "누가 왔어요?" 하면서 L 씨가 손전등을 켜들고 나왔다. 너무나 반가웠다. L 씨는 나를 보고 깜짝 놀라며 "아이고, 박 선생님이 이 비 오는 밤중에 여자분하고 우리 집은 웬일이십니까?"라고 묻길래, 나는 L 씨의 손을 덥석 잡으며 "들어가서 이야기합시다."라고 하며 그녀와 같이 안으로 들어가 자초지종을 이야기하였다. 내 이야기를 듣고 난 L 씨 "사실은 이번에 내가 아끼는 도사견이 새끼를 낳아 다 처분하고 그중에서 제일 좋은 놈 한 쌍을 키우려고 남겨두었는데, 사정이 딱하니 안 줄수도 없어 수놈은 내가 종견 감으로 키우고 암놈 한 마리는 드리겠습니다."라고 하면서 잠시 후 강아지를 보여주는데 마음에 쏙 들었다. 가격도 생각보다 저렴해 그녀도 매우 흡족해하였다.

시간이 없어 빨리 가야겠다고 강아지를 안고 산속을 빠져나왔을 때는 나와 그녀의 옷은 비에 흠뻑 젖어 있었다. 산 밑에 세워둔 차로 급히 동부시외버스터미널에 도착하였으나, 버스는 이미 다 떨어지고 마침 택시가 있었다.

"선생님, 오늘 정말 수고하셨습니다. 시간이 있었으면 저녁 식사를 대접하려고 하였는데……."

"이 강아지를 잘 키워서 꼭 다시 들르겠습니다. 고맙습니다." 마지막 인사를 남기고 그녀가 떠났다.

개를 잘 키우겠다며 비 오는 밤에 멀리서 찾아온 여인에게 좋은 애견을 구해 주었다는 자부심 때문일까? 나의 허기진 배와 비에 젖어 지친 몸과 마음이 한순간에 사라지는 듯하였다.

비는 계속 내리고…….

🐾 광견병 검사

광견병은 광견병에 감염된 동물에 물리거나 할퀸 상처 등에 의해서 옮는 병으로, 집에서 키우는 개에게는 그리 흔하지는 않으나, 해마다 예방접종을 시행하고 있다. 그런데 사람을 물어 광견병 검사를 하던 개가 도망을 갔다면 어떻게 되겠는가?

1979년 여름, 50대 초반의 남자분이 진돗개 잡종 한 마리를 몰고, 그 뒤에는 초등학생 여자아이와 그의 어머니가 동물병원을 찾아왔다. 주인이 줄을 길게 하여 자기 집 대문 안쪽에 개를 매어 두었더니, 개가 열린 대문 밖으로 나가 앉아 있자 마침 그곳을 지나던 여자 초등학생들이 짓궂은 짓을 했는지, 오늘 같이 온 여학생의 손등을 좀 물었다는 것이다.

L 수의사가 주인에게 광견병 검사는 10일간 해야 하므로 입원을 시켜 놓고 10일 후에 찾으러 오라고 하고, 여학생의 상처는 병원에 가서 치료를 받으라고 하며 돌려보냈다. 그러고는 그놈을 병원 뒤 우물 옆에 있는 나무로 만든 큰 개집에 가두었다.

입원 3일째 되던 날, 이른 아침에 밥도 주고 청소를 하러 나갔던 J

군의, 놈이 없어졌다는 다급한 소리에 놀라 황급히 나가 보니, 그놈은 개집 위가 합판으로 되어 있는데다 조금 허름하여, 고무로 만든 덮개를 깔아 놓은 쪽을 뜯고 도망을 가고 없었다. 예삿일이 아니었다. 나는 J 군에게 빨리 찾아야 한다며 둘이서 밖으로 뛰어나가 온 동네를 수소문하고 이리저리 찾아보았으나 허사였다.

한참 후에 출근한 수의사에게 이 사실을 알리자 사색을 하며 다시 찾으러 나가자는 것이었다. 우리 셋은 각자 흩어져서 더 멀리까지 찾아 나섰으나 아무도 그놈을 보지 못하였다. 다른 때에는 몸값을 치러주면 되었지만, 이번에는 검사를 하는 도중이라 그럴 수도 없어 걱정이 이만저만이 아니었다. 수의사와 나는 일이 손에 잡히지 않아 말없이 고심하던 차에, 서로 먼저라고 할 것도 없이 아마 자기 집으로 갔을지도 모른다며 주인집으로 가보자고 하였다.

수의사가 병원일지에서 주소를 알아내고는 우리는 이내 주인집을 찾아갔으나 대문이 잠겨있고 집안에는 아무도 없었다. 행여나 하는 생각에 대문 사이로 집안을 한참 살펴보았으나 그놈은 보이지 않았다. 허탈한 마음으로 돌아오면서 저녁에 주인이 있을 때 다시 가서 사건을 이야기하고 대책을 세우자고 하였다. 그러나 병원에 돌아와서도 우리는 시름에 잠겨있었다.

그런데 저녁 7시경 뜻밖에도 주인이 도망간 그놈을 몰고 병원으로 들어오는 것이 아닌가. 너무나 기뻐 우리가 자리에서 벌떡 일어나자

주인은,

"내가 퇴근을 하여 집에 다다르자 대문 앞에서 요놈이 꼬리를 흔들며 반기 길래 처음에는 놀라기도 하고 반갑기도 했지만, 아무래도 도망친 것 같아서 병원으로 바로 데리고 오는 길입니다."라는 것이었다.

그 순간 나는 주인이나 개가 다 고마웠지만, 그놈한테는 절까지 하고 싶은 심정이었다. 수의사가 도망친 경위를 설명하고 그놈을 재빨리 튼튼한 다른 집에 가두었다. 온종일 가슴 졸였던 개 탈출 사건이 일단락된 것이다.

그때야 비로소 나는 안도의 숨을 크게 쉬었고 우리는 서로 마주 보며 환하게 웃었다.

🐾 치와와 종견 도비의 죽음

우리 종견들이 한국 챔피언은 물론 아시아 챔피언까지 휩쓸고 있다는 것은 종견사는 물론 나의 대단한 자부심이며 자랑거리였지만, 한껏 부풀었던 그 기대의 한 축이 한순간에 무너질 때 그 심정은 어디에도 견줄 수가 없었다.

1992년 가을 어느 날, 종견사를 나에게 물려준 김창배 사장의 친구 L 씨가 치와와 한 마리를 안고 왔다. L 씨는 미군 하야리아부대에 다니고 있었고, 김 사장과는 무척 가까운 사이로 치와와 전문가였다. 그는 자기의 치와와는 장수일 사장이 번식한 것으로, 내가 가지고 있는 아시아 챔피언 '도비'와 짝짓기를 시켜서 작품을 한번 만들어보고 싶어 찾아왔다는 것이었다. 장 사장은 대신동에 '영 스타'라는 견사호를 가지고 일본에서 치와와 종견을 수입하는 등 역시 치와와 전문가로서 애완견 심사위원이었다.

그런데 종견사에는 치와와 종견으로 '도비'와 '벤'이 쌍벽을 이루고 있었다. '도비'는 한국 챔피언 '샌디'의 친자인데 내가 새끼 때부터 키웠다. '도비'는 1988년 3월 5일생으로 모색이 Red로서 얼굴이 사과처럼 둥글고 길이는 한 뼘 남짓 되었지만 몸이 단단하고 야무졌다. 그뿐만 아니라 성격이 명랑하고 걸음걸이도 활발하여서 1989년 10월에 국제공인 '89FCI 아시아 챔피언 전람회'에서 성견조에 출전하여 VAI 석 챔피언(전 견종 BOB)을 획득하였다.

'벤'은 1989년 1월 23일생으로 범일동에서 약국을 운영하던 최선덕 사장이 번식하였고 부모는 모두 외국에서 수입하였다. 그는 '린덴바움'이란 견사호를 가지고 있는 치와와 전문가로, 나는 '벤'의 모습에 반해서 젖을 뗄 무렵부터 많은 공을 들여서 '벤'이 3개월이 되었을 때 겨우 운 좋게 가져왔다. '벤'은 모색이 Fawn으로 얼굴이 사과처럼 둥글고, 길이는 한 뼘 남짓으로 몸은 '도비'처럼 단단하고 야무졌으며, 성격은 차분하였으나 성깔이 좀 있었고, 걸음걸이는 활발하였다. '도비'와 같이 '89FCI 아시아 챔피언 전람회'의 유견조에 출전시켜 역시 아시아 챔피언을 획득하여 전국의 애견가들을 깜짝 놀라게 하였고, 다음 해엔 1990년 FCI 한국 특별 챔피언을 획득하였다.

그래서 이 두 놈이 종견사의 자존심을 한껏 살려주었고, 도비는 누가 가르쳐 주지도 않아도 아주 작은놈이 짝짓기를 잘하여 애견가들이 모두 부러워하였다. 하지만 나는 요놈들이 사고라도 날까 봐 애견센터에 두지 않고 토이푸들 챔피언 '미미' 등 몇몇 애완견 챔피언 종견들과 같이 집에 두고 보물단지처럼 애지중지하고 있었다. 그리고 짝짓기도 함부로 시키지 않았다. 건강관리는 물론이거니와 혹시 새끼가 잘못 나오면 암놈은 생각하지 않고 종견 험담을 하는 것을 막기 위해서였다.

그날 나는 모처럼의 그의 청을 거절할 수 없어, 마지못해 짝짓기를 시켜주기로 하고 가져온 치와와를 살펴보았더니 짝짓기 적기여서, 집으로 가서 짝짓기를 시켜주고 이틀 후 또 한 번 짝짓기를 시켜주었다. 그로부터 일주일쯤 지났을까? L 씨로부터 전화가 왔다. 짝짓기를 시킨 지가 일주일이 지났는데도 아직까지 출혈이 있어 수태가 안 된 것 같으니 짝짓기를 한 번 더 시켜 달라는 것이었다.

나는 그에게 짝짓기 시기가 이미 지났고 시기가 지나도 출혈이 있는 애견들도 있지 않으냐며, 한번 기다려 보자고 해도 그는 막무가내였다. 당장 그날 가지고 오겠다는 것이었다. 나는 그가 치와와 전문가인데다 치와와를 키운 지도 오래되어, 짝짓기의 시기며 출혈 상식에 대해서는 잘 알고 있는 사람이기에 조금 서운한 마음이 들었지만, 하도 강경하게 요구하여 다음 날 오전 10시 30분까지 오라고 하였다.

다음 날이었다. 정오 12시에 친한 친구 딸의 결혼식이 있어 마음이 바빠서인지, 10시가 넘어가면서부터는 초조해지기 시작하는데 10시 40분이 넘어서야 들어오는 것이었다. 나는 즉시 암놈의 부위를 살펴보았다. 예상했던 대로 시기가 지나 있었다. 내가 시기가 지났으니 시킬 필요가 없다고 하자, 그는 그렇지 않다고 우기면서 한 번 더 시켜달라고 하여 부랴부랴 짝짓기를 시키게 되었다.

그런데 시기가 지난 터라 '도비'는 달갑지 않은 듯 이쪽저쪽으로 돌아다니기만 하고 암놈도 반항을 하였다. 그러다가 겨우 짝짓기에 성공하였다. 그러나 어찌 된 셈인지 오랫동안 떨어지지 않고 '도비'가 고통스러워하기에 나는 불안한 마음으로 부위를 살펴보았다. 수놈은 사정이 끝나고 발기가 식어 있었지만, 암놈은 부기가 빠져서인지 '도비'의 그것을 반쯤 물고 놓아 주지를 않는 것이었다.

시계를 보았다. 결혼식 때문에 집에서 나서야 할 시간이 지나가고 있었다. 그 친구는 나와는 너무나 절친한 사이기에 그 결혼식에 내가 참석지 않으면 서로 등이 질 그런 사이였다. 나는 가슴을 조이면서 암놈이 빨리 놓아주기를 빌었으나 도저히 놓아줄 기색이 보이지 않았다. 더 이상 기다리고 있을 수 있는 시간이 없어 하는 수 없이 손으로 떼어내기로 하였다. L 씨에게 암놈의 머리 쪽을 꼭 잡게 하고 손으로 떼어 보았으나, '도비'가 아프다고 비명을 질러 쉽지가 않았다.

그러기를 여러 차례……. 드디어 '도비'가 떨어졌다. 하지만 '도비'의 그것 끝이 꽈리처럼 부풀고 피멍이 들었을 뿐 아니라 힘없이 빠져 있었다. 나는 손으로 그것을 주머니 속에 집어넣고 한참 동안 마사지를 하였으나 주머니에서 손을 떼자 다시 밖으로 빠져나오는 것이 아닌가, 시간이 없어 다시 집어넣은 다음 빠져나오지 못하도록 주머니를 반창고로 동여매고 소변만 볼 수 있게끔 한 다음 허둥지둥 결혼식장으로 달렸다.

다행히 결혼식은 끝나지는 않아 혼주를 만나보고는 바로 집으로 돌아와, 다시 '도비'의 상태를 알아보기 위해 반창고를 풀자 역시 마찬가지였다. 그래서 새것으로 다시 묶어놓고 하룻밤을 지내고, 다음 날 아침 살펴보자 반창고가 떨어져 나가고 없었다. 도비가 갑갑하여 입으로나 뒷발로 떼어낸 것 같았다. 나는 속이 상하고 어떻게 해야 할지를 몰라 가슴이 답답하였다. 생각 끝에 소변만 볼 수 있게 하고는 주머니 끝을 수술 실로 꿰매고 약을 발라 주었다. 그러나 또 다음 날도 실밥이 터져있고 역시 빠져있었다.

그러기를 여러 번, 결국 '도비'는 짝짓기를 시킨 지 일주일 만에 저세상으로 가고 말았다. 나는 말문을 잃었다. 더욱 기가 막힌 것은 한 사람의 탐욕과 그것을 거절하지 못한 나의 어리석음이 공모하여 빚어낸 '도비'의 가엾은 죽음을 그 어떤 것으로도 되돌릴 수 없었기 때문이다.

우리 종견사의 자존심이며 자랑스러웠던 '도비'의 죽음을 나는 통탄해 할 뿐이었다.

🐾 꼬마 원숭이

원숭이는 사람을 닮은데다 지능이 보통이 아니어서 상품의 선전용으로 이용되기도 하고, 꼬마 원숭이는 작고 귀여워서 애완용으로 기르기도 한다. 그러나 교육을 받지 않은 놈은 버릇이 없고 일을 저지르기 일쑤여서 골칫거리가 되기도 하지만, 잘만 교육을 시키면 우리에게 웃음과 즐거움을 준다.

1981년 늦은 봄, 30대 후반의 남자분이 원숭이 한 마리를 안고 와서는, 자기는 외항 선원으로 동남아 지역에서 꼬마 원숭이가 너무 예뻐 구입하였으나, 집사람이 싫어해서 가지고 나왔다는 것이었다. 자세히 살펴보니 작고 깜찍한데다 윈도에 놓아두면 사람들이 몰려들 것 같아 구입하게 되었다. 그러고는 그놈을 윈도에 매어 두었더니 낯선 장소와 애견들 때문인지, 무척 불안해하면서 잠시도 가만있지 않고 이리저리 뛰며 설치는 것이었다. 그래서 가까이 있는 새집에 가서 제법 큰 새장을 사가지고 와서 거기에 넣고는 안쪽에 두면서 어느 정도 안정을 시킨 다음, 이틀 후에 그대로 윈도에 내어 놓았다.

그러자 지나가는 사람들마다 신기한 표정을 지으며 미소를 짓기도 하고, 아이들은 원숭이가 자기들을 쳐다보라고 아예 윈도를 손으로 치고 고함을 지르면서 야단법석을 떨어 애견센터의 선전 효과는 있었으나, 복잡하고 어수선하기 짝이 없었다. 궁리 끝에 그놈을 끄집어내어, 줄을 길게 하여 묶어 놓기도 하고 줄을 풀기도 해보았지만, 좀처럼 불안한 내색을 감추지 않고 과일 등도 껍질을 까서 먹고 함부로 버리는데다, 여자와 아이들은 차별을 하여 무척 신경이 쓰이자 집사람이 원숭이를 위해서 조용한 가정집에 팔기를 권했다.

그러던 중 약 보름이 지났을 때 40대 후반의 남자분이 나타나 꼬마 원숭이가 귀엽다며 팔 것을 제의해 왔다. 마침 잘 되었다 싶어 그분에게 얼른 팔고 그 후로 그놈에 대해서는 잊고 있던 그해 가을, 뜻밖에도 그분이 들렀다. 시내 볼일이 있어 나왔다가 가는 길에 고맙다는 인사를 하러 왔다는 것이었다. 처음에는 단순한 인사치레로 알았으나 이야기를 듣고 보니 그것이 아니었다.

그의 이야기는 이러했다. 처음 꼬마 원숭이를 가져갔을 때는 무척 불안해하며 신경질적이어서 자기 손을 물리기도 하였다는 것이다. 그 후 어느 날, 목욕을 하려고 자기 집에 있는 목욕탕의 욕조에 그놈을 올려놓고 자기가 욕조 안에 몸을 담그고 휴식을 취하자, 얼마 후에 그놈이 호기심을 가지고 욕조 안의 물에 살며시 손을 담그기에 그놈을 잡아서 욕조 안에 넣었더니 헤엄을 쳐서 깜짝 놀랐다는 것이다.

그런데 그때가 마침 여름철이라 사람들이 많이 피서를 와서 물놀이를 즐기는 '송정해수욕장'에 데리고 가서 물속에 집어넣자, 제법 헤엄을 잘 치기에 계속해서 연습을 시켰더니 20~30미터는 거뜬히 치더라는 것이다. 그리고 그놈이 해수욕장에서 헤엄을 칠 때는 물놀이하던 아이들이 손뼉을 치면서 좋아할 뿐 아니라, 어른들도 신기하다고 손뼉을 치는 등 인기를 독차지했다는 것이다. 그래서 그놈을 여름철 내내 해수욕장에 데리고 다니자, 지금은 자기와 꼬마 원숭이를 모르는 사람이 없을 정도가 되었다는 것이다.

그리고 자기는 해수욕장 부근에서 식당을 운영하는데 그전에는 그냥 평범한 식당이었으나, 그놈을 식당 앞 나무에 매어놓은 이후부터는 꼬마 원숭이 집으로 불리게 되고, 많은 아이들이 자기 가족들을 데리고 와서 자기 식당이 문전성시를 이루게 되어 그 고마움으로 인사를 왔다는 것이었다.

그러고는 꼭 한번 놀러 오라고 간곡히 부탁하여, 그다음 해 여름 피서철에 우리 식구와 같이 놀러 갔더니 역시 식당은 문전성시를 이루었고, 우리는 후한 대접까지 받았다. 떠나올 때 그는 나무 위에 있는 꼬마 원숭이를 가리키며 저놈이 나에게 행운을 안겨다 주었다며 칭찬을 아끼지 않았는데, 나 역시 저놈이 복을 안겨주는 꼬마 원숭이가 틀림없구나 싶었다.

🐕 지위를 모르는 진돗개

진돗개 성견은 자존심과 경계심이 강하여 새 주인에게 쉽게 정을 주지 않는 특성이 있으며, 정을 주기 전에는 자기 몸에 손을 대는 것을 싫어한다.

1983년 5월 어느 날 오후, 누군가 닥스훈트 짝짓기를 시키러 와 짝짓기가 막 끝나자, 건장한 남자 세 분이 와서는 그중 한 분이 집 잘 지키는 진돗개 성견 수놈을 찾았다. 나는 진돗개 성견은 자기의 성질을 쉽게 굽히지 않아 길들이기가 힘들어, 강아지 때부터 키우는 것이 좋다며 애견센터에 있는 강아지 세 마리를 보여주었다. 그러자 강아지는 집을 못 지키니 혈통이 좋고 당장 집을 지키는 성견을 빠른 시일 내에 구해놓고, 연락을 해달라며 명함을 주는데 보니 부산시경 소속 경찰이었다. 그 당시는 지금과 같이 부산지방경찰청이 아니라 부산직할시 경찰국으로 부산시경으로 불렸다.

그런데 이분들이 진돗개에 대해 잘 모르는 것 같아 이해는 되었지만, 혈통이 좋고 잘 생긴 수놈은 바로 종견이 되기 때문에 가격이 비

쌀 뿐만 아니라 성질을 잘 몰라 까다로운데, 구입할 분이 경찰이라서 더욱 신경이 쓰였다. 나는 다음 날 가까운 몇 군데를 둘러보았으나 마땅한 놈이 없어 양산에 있는 S 씨의 애견 번식장을 찾아갔다. 마침 그곳에는 가격이 적당하면서 15개월 된 참한 놈이 있어 즉시 그분에게 연락하자, 내일 오후에 갈 테니 애견센터에 갖다 놓으라는 것이었다. 그러나 성견이라서 애견센터에 사서 둘 수도 없고 그분들이 마음에 들지 않으면 어떻게 돌려보내나 하고 내심 걱정이 되었으나, 아무튼 그분들 마음에 들기를 바랄 뿐이었다.

다음 날, 점심때가 좀 지나자 S 씨가 그놈을 가지고 왔다. 나는 다시 한 번 그놈을 살펴보고는 그분에게 연락을 했다. 한참을 기다리자 두 분이 들어와 그놈을 꼼꼼히 살펴보더니 마음에 든다고 하기에 나는 안도의 한숨을 쉬었다. 그러자 S 씨가 먹이와 그놈의 성질에 대하여 모든 이야기를 해주고, 내가 운반용 철장을 가지고 나와 그놈을 잡아 넣고는 줄을 철장 밖으로 나오게 해서 그분들의 차에 실어 보냈다.

그 후로 혹시나 연락이 오면 어떡하나 하고 걱정이 되던 차에, 약 일주일쯤 지났을까? 한통의 다급한 전화를 받았다. 그 경찰이었다. 오늘 진돗개가 국장님의 손을 물어 사열도 못하고 큰일 났으니 당장 그놈을 가져가라는 것이었다. 나는 어이가 없었지만 아무 말도 못 하고 위치를 물었더니 해운대에 있는 시경 국장님 관사라고 하였다. 나는 하던 일을 멈추고 급히 서둘러 관사로 달려갔다. 마침 국장님이 정원에 있는 그놈 집 앞에 서 계셨다. 얼른 인사를 하고 손을 보자 붕대를 감고 있었지만, 크게 다치진 않은 것 같았다.

나는 "죄송합니다."라고 사과를 드리며 혹시나 성질이 나쁜 놈을 보냈다고 호통을 치지나 않을까 하고 잔뜩 겁을 먹고 있는데, 국장님은 의외로 낯도 익힐 겸 좋아서 저놈의 머리를 쓰다듬으려고 하자 갑자기 손을 물었다고 인자하게 말씀하셨다. 정말 인품이 돋보였다. 내가 진돗개는 주인이나 환경이 바뀌면 경계를 늦추지 않기 때문에 조심하셔야 한다고 말씀드렸더니 고개를 끄덕이시며, 새끼를 면한 4~5개월쯤 되는 놈으로 바꿔달라는 것이었다. 그러면서 자기도 애완견을 무척 좋아한다는 말을 덧붙이는 것이었다. 그때야 나는 놀란 가슴을 쓸어내리며 역시 애완견을 좋아하는 사람은 마음이 순진하고 여린 데가 있구나 싶었다.

나는 그날 그놈을 데리고 오고 며칠 동안을 수소문하여 강아지를 면한, 4개월 된 놈을 갖다 드렸다. 그러고는 소식이 없었다. 소식이 없다는 것은 아무 탈 없이 잘 자라고 있다는 것이기에 한시름 놓을 수가 있었다. 그 후 그곳을 지날 때면 어쩐지 나의 시선은 관사를 향하고 있었다.

하지만 언제부터인가 그 관사는 없어져 있었다.

🐾 새마을호 열차 특실

피할 수 없는 상황 앞에 떨리는 작은 목소리로 J 군을 깨워놓고 보니 너무나 기가 막힌다. 앞으로 부산까지는 서너 시간을 더 가야 하는데 어떻게 해야 한단 말인가?

1985년 겨울에 있었던 일이다. 두 번째인 C 수의사가 자기 사업으로 인해 1983년 10월까지만 유양 동물병원에서 근무하고 그만두었다. 나는 고뇌 끝에 애견센터만 운영하기로 하고 1984년 봄, 영업장을 K 보일러 자리로 옮겼다. 그곳은 처음 영업장에서 약 20m 거리밖에 되지 않았으나, 이면 도로라는 이유 때문인지는 몰라도 영업이 부진하였다. 할 수 없이 그곳을 포기하고 1985년 봄, 거기에서 약 30m 떨어진 대로변인 S 주유소 옆 건물로 옮겨 영업장을 현대식으로 수리하였다.

그러자 다시 많은 사람들이 찾아오게 되었고, 특히 요크셔테리어, 시추, 말티즈, 포메라니안, 토이푸들 등의 강아지가 많이 팔렸다. 부산에는 번식자가 많지 않아 강아지를 대부분 서울에서 가져왔다. 충무로 L 여사, 상도동 N 여사, 화곡동 O 여사, 북아현동 K 여사 등이 일본에서 종견을 수입하여 대대적인 번식을 하면서 명성을 날리고 있었다.

그해 겨울, 강아지를 구입하기 위해 서울을 가게 되었다. 마침, 앞으로 자신의 애견센터를 운영해 보는 것이 꿈이라며 자주 놀러 오는 J군에게 같이 가자고 하였더니 무척이나 좋아하였다. J 군은 지방에서 이사를 와 쉬고 있었고 나이는 열대여섯 살 정도로 몸이 호리호리하면서 제법 키가 컸다.

나는 J 군과 같이 서울에서 하룻밤을 지내면서, 어렵사리 강아지 열두 마리를 구입하였다. 하지만 다시 돌아오기 위해 서울역에 도착했을 때는 이미 부산에서 예약한 시간이 지나버려 할 수 없이 야간 새마을호 열차의 특실을 이용하여 부산을 오게 되었다. 평소에는 강아지를 가져올 때 비행기를 많이 이용하였다. 시간이 단축되고 짐칸이 별도로 있기 때문이다. 강아지가 몇 마리 되지 않을 때는 주로 새마을호 보통실을 이용하였다. 휴대용 통에 넣어 두었다가 울 때 쓰다듬어 주면 쉽게 그쳐 크게 부담이 없어서이다.

그러나 막상 많은 강아지를 가지고 특실을 타고 보니 울면 어떻게 하나 하고 걱정이 되었다. 생각 끝에 J 군 품속에 여섯 마리, 내 품속에 여섯 마리를 넣어서 호실 뒤쪽의 지정 좌석에 나란히 앉았다. 열차가 출발하고 얼마 후 주위를 살펴보자, 제복을 입은 군인 장교의 모습도 보이고 교수로 보이는 사람이 열심히 무엇을 쓰고 있었고 대부분

지식인들 같았다.

　시간이 제법 흘렀다. 피곤함과 따스함이 겹쳤는지 나도 모르게 잠이 들었다. 그런데 잠결에 강아지 우는 소리가 들려 잠에서 깨어 얼른 내 품속을 살펴보았으나 아무 이상이 없었다. 옆에 있는 J 군을 보았다. 깊이 잠이 들었는지 상의가 바지춤에서 빠져있고 가슴과 배를 만져보니 강아지가 한 마리도 없었다. 정신이 들자 우는 곳이 한 곳이 아니라 여섯 마리가 뿔뿔이 흩어져서 여기저기서 울고 있지 않은가.

　큰일이었다. 어깨를 흔들면서 작은 목소리로 J 군을 깨웠다. 선생님들에게 일일이 '죄송합니다.'라고 사과를 하면서 밑을 들춰가며 강아지를 찾아 나섰다. 어떤 놈은 이미 멀리 저 앞쪽에 가 있었다. 그 와중에서 또 큰일이 생겼다. 내 품속에 있는 강아지 중 한 마리가 울기 시작했다. 얼른 한 손을 넣고 쓰다듬어 주었더니 이내 울음을 그쳤다. 정말 다행이었다. 그때 내 품속에 있는 강아지들까지 다 울어 댔으면 어떠했을까?

　강아지를 다 찾아내어 J 군 품속에 넣은 후, 우리는 화장실 옆 통로로 갔다. 화장실에 오는 사람이 없어 내 품속에 있는 강아지부터 한 마리씩 끄집어내어 화장지 위에 소변을 보이고 다시 품속에 넣었다. J 군 강아지도 마찬가지였다. 나는 순간 부끄럽다 못해 고통으로 가슴을 조인 채 그곳을 벗어나고 싶은 생각뿐이었다. 아니 과연 나의 이 직업을 계속해야 할지에 의문이 들었다. 철이 덜 든 J 군은 우리 자리로 가자고 자꾸 졸랐지만 나와 J 군은 우리의 좌석에 돌아가지 못하고 그곳에 자리를 잡았다.

한 번씩 울어대는 강아지들이 원망스러웠다. 나의 마음은 십 분이 한 시간 같았고 빨리 부산에 도착하기를 바랄 뿐이었다. 그동안 애견과 함께한 생활이 주마등처럼 스쳐지나 가기도 하였다. 그렇게 피할 수 없는 상황의 고통스러운 시간이 계속 흘렀고, 드디어 십분 후에 부산역에 도착한다는 안내방송이 들려왔을 때, 나는 비로소 나의 자리가 특석이 아닌 가시방석이었다는 것을 새삼 깨달았다.

탤런트 장욱제(바보, 영구)와의 만남

바보 캐릭터 하면 떠오르는 '영구'는 1972년 70% 이상의 시청률을 올려 우리나라의 방송 사상 최고의 드라마로, 선풍적인 인기를 모았던 『여로』에서 착한 여주인공 분이(태현실)의 남편으로 세상에 널리 알려진 장욱제이다.

1986년 늦은 봄으로 생각된다. 그날은 날씨가 화창하여 사람들이 야외로 나갔는지 조용하였다. 오후가 되어 강아지들 미용을 시키려고 하는데, 양복 차림의 멋진 신사 한 분이 들어왔다. 인사를 하면서 보니 많이 낯이 익은 얼굴이었다. 자세히 보니 한동안 TV 연속극 『여로』에서 바보 '영구'역으로 인기를 독차지하던 탤런트 장욱제 같았다. 그러나 한편으로는 '영구'는 바보인데 그때 모습과는 차이가 많아 아닌 것도 같아서 내가 물었다.

"혹시 『여로』의 '영구' 장욱제 씨가 아니십니까?" 그러자 명함을 건네주면서 살며시 웃었다.

명함을 살펴보았다. 면세 백화점 '남문' 대표이사 장욱제라고 적혀있었다. 그 당시 '남문'은 사상 쪽에서 면세품을 취급하는 대형 백화점으로 명성을 떨치고 있었다. 그제야 나는 크게 반색을 하면서

"장욱제 선생님이 맞으시군요. 연기를 안 하고 어떻게 부산에서 사업을 하시게 되었습니까?"라고 묻자 몇 군데서 사업을 하다가 부산에서 면세 백화점을 경영하게 되었다고 하였다.

"그런데 오늘 어떻게 오셨습니까?"라고 다시 묻자 집사람이 애견을 좋아하여, 다 커도 자그마한 말티즈 강아지 암놈 한 마리를 사러 왔다는 것이었다.

나는 애견센터에 있는 말티즈 강아지들을 가리키며

"저 강아지들은 어미가 좀 큰 데서 나왔는데, 가정집에 작고 예쁜 강아지가 있는지 전화를 해 볼 테니 기다리시겠습니까?"라고 하자 고개를 끄덕였다.

우선 가까운 곳에 전화하였더니 강아지가 없거나 전화를 받지 않았다. 그런데 당리동 B 여사가 몇 개월 전에 어미가 작은 말티즈, 짝짓기를 시켜서 간 적이 있어 전화를 하자 마침 받았다. 가슴을 조이며 강아지가 있느냐고 물었다. 태어나서 42일 되는 암놈 세 마리가 있다는 것이었다. 그리고 작고 예쁘다고 하였다. 차비를 줄 테니 택시를 타고 빨리 세 마리 다 가져오라고 하자, 처음에는 안 된다고 하다가 손님이 기다린다고 하였더니 빨리 가져가겠다는 것이 아닌가. 그 순간 나는

흥분을 감출 수가 없었다.

장욱제 씨에게 예쁜 강아지가 있다고 하고는 가져오는데 약 반 시간 정도 걸린다고 하자 좋아하는 기색이었다. 사실 당리동 여사 집에서 애견센터까지는 택시로 40~50분 거리에 있었다. 기다리는 동안 지루할 것 같아 애견 책을 내어놓자 책을 보다가 덮고는 나에게 영업에 관한 질문을 하여 서로 이런저런 이야기를 주고받았다. 그리고 보니 벌써 경영인이 다 된 것 같았다. 30분이 지나자 자꾸 시계를 쳐다보는 것이었다. 여사가 빨리 오지 않아 나는 가슴이 조마조마하였다. 약속 시간이 지나면 조금 기다리다가 다음에 오겠다고 하고는 가버리는 사람이 있기 때문이다.

초조한 마음으로 50분쯤 흘렀을 때 반갑게도 여사가 강아지 세 마리를 가지고 들어왔다. 보는 순간 깜찍하게 예뻤고 그도 마음에 쏙 들어 하였다. 여사에게 『여로』에 나왔던 '영구' 장욱제 씨라고 소개하자, 무척 놀라며 그때와 너무 달라 잘 모르겠다고 하였다. 세 마리 강아지 중 한 마리를 골라주었더니 정말 고맙다는 인사를 남기고 장욱제 씨는 떠났다.

여사가 말하였다. "『여로』 때는 바보인 줄 알았는데 오늘 보니 정말 괜찮게 생겼네요!"라고……

그리고 세월이 지나 벌써 30년 가까이 흘렀다. 장욱제 씨는 그때 일을 기억할는지, 그 강아지는 어떻게 되었는지 궁금하다.

🐹 날벼락

    그냥 있으면 될 것을 더 잘해 주겠다고 선심을 쓰다가 손해를 볼 때가 누구나 한 번쯤은 있었을 것이다.

    1982년 겨울 어느 날, 50대 후반의 남자 손님이 몸집이 제법 크고 나이가 들어 보이는 치와와를 가지고 와서 짝짓기를 시키고 나서는, 이틀 후에 한 번 더 시켜 달라며 그놈을 두고 가겠다는 것이었다. 내가 날씨가 추운데다 환경이 바뀌면 병이 날 수도 있으니 가져갔다 다시 가져오라고 하자, 그는 자기 치와와는 튼튼하고 아무것이나 잘 먹어 애견센터에 두어도 병이 날 이유가 없다며 기어이 두고 가는 것이었다. 그가 억지로 두고 가는 것이 일리가 없는 것은 아니다. 애완견을 데리고 버스에는 탈 수도 없을뿐더러 택시도 잘 태워 주지를 않아 대부분의 손님들은 맡겨두고 가기를 원했다.

    밤이 깊어지자 추위가 매서웠다. 낮에 맡겨 놓은 손님의 치와와가 떨고 있을 것만 같아 걱정이 되어 밖으로 나왔다. 아니나 다를까, 그놈은 잔뜩 웅크리고 오들오들 떨면서 처량한 모습을 하고 있었다. 그때 마침 요크셔테리어 암놈 한 마리가 짝짓기를 시키러 와 옆 장에 갇혀있었다. 나는 순간 거기에 같이 두면 따뜻할 것 같아 그놈을 옆 장으로 옮겼다. 요크셔테리어는 순종은 아니었지만, 몸집이 크면서 털이 많아 그놈이 의지하기에는 안성맞춤이었다.

다음 날 아침, 나는 그놈이 잘 잤겠지, 생각하면서 그 애견 장 속을 들여다보았더니, 요크셔테리어만 보이고 그놈이 보이지 않아 이상히 여겨 문을 살짝 열어보았다. 이 무슨 날벼락인가? 뜻밖에도 그놈이 목에 상처를 입고 안쪽 구석에 죽어 있는 것이 아닌가! 정말 큰 일이었다. 내가 이 사실을 주인에게 어떻게 이야기해야 할지, 아무리 생각해도 엄두가 나지 않아 연락을 하지 못한 채 하룻밤을 지새웠다.

그다음 날 오후, 이런 사실을 알 리 없는 주인이 애견센터에 나타났다. 나는 그를 의자에 앉게 하고는 어디에서부터 이야기해야 할지를 몰라 한참 망설이다가 사실 그대로

"치와와가 죽었습니다."라고 하자, 그는 벌떡 자리에서 일어나 당장 무슨 일이라도 저지를 듯이 몸을 부르르 떨면서 노발대발하는 것이었나. 내가 잘못했다고 용서를 빌었지만, 그는 그놈은 몇 년 전 높은 사람한테서 70만 원을 주고 사서 자식같이 키웠는데, 집사람이 알면 더 큰 일이라며 이제 어떻게 하겠느냐는 것이었다.

나는 그의 흥분을 달래려고 사람도 죽고 살고 하는데 어쩌겠느냐며 진정하시면 혈통이 좋은 놈을 한 마리 구해주겠다고 하였다. 하지만

그는 쓸데없는 소리 하지 말라며 계속 호통만 쳤다. 그러는 동안 나는 계속 용서를 빌었고 시간도 제법 흘렀다. 마침내 그는 감정을 삭이고 입을 열었다. 처음 구입한 대로 70만 원을 변상하여 달라는 것이었다.

너무나 큰돈이었다. 나는 기가 막혀 할 말을 잊고 그를 쳐다보았다. 그렇지만 그저 용서를 빌고 사정을 하는 방법밖에는 도리가 없었다. 그러기를 30여 분…….

그때야 가까스로 반값을 그의 손에 쥐여주면서 이 사건은 일단락되어 내 가슴에 깊게 드리워진 먹구름이 걷히게 되었다.

5장

🐱 이수학 원장과 헤드폰

견물생심이란 것이 있다. 실물을 보았을 때 욕심이 생기기 때문일까? 그런데 취미를 같이 하는 친구끼리 한 물건을 두고 견물생심이 생겼다면 어떻게 되겠는가. 가슴은 아프지만 한 사람이 양보를 하게 된다. 그러나 그 양보가 때로는 득이 될 때도 있다.

내가 원장을 알게 된 것은 1981년 봄, 연산동에서 B 의원을 운영하던 원장이 우리 애견센터에서 치와와, 포메라니안 강아지를 구입해 가면서였다. 그 후 서로 친해져서 친구처럼 지내던 여름 어느 날, 원장이 가끔 들른다는 주점을 같이 가게 되었다. 그곳은 부전동에 있는 '주원장 모텔' 1층에 있는 '스탠드 클럽'으로 그 코너 한 곳에 미모의 아가씨 두 명이 동업을 하고 있었다. 그곳은 분위기가 좋아 일과 후 더위도 식히고 즐거운 음악과 시원한 맥주로 피로를 풀기에 안성맞춤이었다.

그렇게 해서 자주 어울리다 보니 그의 취미가 음악 감상이라는 것도 알게 되었고 그가 오디오 애호가란 것도 알게 되었다. 사실 그때 나도 오디오 명기가 갖고 싶어, 결혼할 때 집사람에게 혼수로 아무것도 가져오지 말고 좋은 오디오만 가져오라고 당부하였었다. 그런데도 처가에서 보내온 오디오가 마음에 들지 않아 다시 한 단계 위의 것으로 바꾸어 놓았었다.

1986년쯤인가? 좌천동에서 가구점을 운영하는 친구 김정웅 사장이 오디오를 구입하고 싶다고 하여 내가 잘 아는 L 사장의 광복동 S 전자에 원장과 같이 가게 되었다. 그때 김 사장은 오디오를 구입하게 되었고 L 사장은 마침 'KOSS'란 명품 헤드폰이 자기 매장에 있다고 한번 구경이나 하라면서 두 개의 헤드폰을 내어 놓았다. 하나는 가장자리가 스펀지로 되어있고 또 하나는 가죽으로 되어 있었다. 스펀지 헤드폰이 촉감이 좋아서 그런지 가격이 조금 비쌌다.

나와 원장은 음질이나 한번 들어 보자며 바꿔가면서 귀에 대고 실험을 해 보자, 음질이 두 개 다 기가 막혔지만 스펀지 헤드폰이 촉감이 좋아 두 사람 모두 스펀지 헤드폰을 구입하겠다고 하였다. 그러자 L 사장은 그것은 하나밖에 없으니 꼭 갖고 싶으면 한 달간 여유를 주면 같은 것을 구해 주겠다고 하여 나는 아쉽지만, 그 헤드폰을 원장에게 양보하였다.

그러나 한 달 넘게 기다렸으나, 끝내 구하지 못하여 할 수 없이 나는 가죽으로 된 헤드폰을 구입하였다. 내가 굳이 헤드폰으로 음악을 듣는 이유는, 늦은 밤에 모든 잡념을 잊고 혼자서 조용히 스테레오 분리가 잘 되며 음질이 맑은 오묘한 음악의 세계로 빠져들 수가 있기 때문이다.

그 후 원장은 개인 사정으로 병원을 서울로 옮겼고, 1989년 내가 서울로 출장을 갔을 때 그날 저녁 서로 만나 회포를 풀고 다음 날 원장의 집으로 갔었다. 그는 맨 먼저 오디오를 명품으로 바꿨다고 자랑하며 그 소리를 나에게 들려주는 데, 가히 환상적이어서 나도 저 명품 오디오로 바꾸어야겠다고 다짐을 했었다. 그래서 1992년 원장의 소개로 세운 전자상가의 H 사장으로부터 그렇게 가지고 싶었던 명품 오디오를 구입하였다. 지금 가지고 있는 오디오가 바로 그것인데, 내 생애에서 잘한 일 중에 몇 손가락에 꼽을 정도다.

그리고 서로 만나지 못하고 있다가 내가 애견센터를 정리할 무렵, 다시 원장을 만나 그의 집에서 같이 음악을 들을 때였다. 원장은 서랍 속에서 스펀지 헤드폰을 내어 놓으며 세월이 흐르니 스펀지가 삭아 갈아 끼우려고 하였으나, 스펀지를 구하지 못해 그냥 두고 있다는 것이었다. 나는 그 순간 너무 놀랐다. 그때 스펀지 헤드폰을 사지 못해 안달이 났으나 할 수 없이 사게 된 가죽 헤드폰을 나는 아직도 끄떡없이 쓰고 있지 않은가. 정말 아이러니하니 이것이 만사 새옹지마라면 너무 억지스러운 말이 될까?

그 후 수많은 세월이 또 흘렀다. 올해는 꼭 원장을 다시 만나 음악이 있는 조용한 술집에서 회포를 풀어야겠다. 아직도 내 가슴속에 아름답고 상냥한 미소로 맴돌고 있는 그 얼굴들을 떠올리면서…….

이 모든 것들이 음악으로 인해 맺어진 인연들이니까!

🐾 버릇

"세 살 버릇 여든까지 간다."라는 속담이 있다. 그러나 이 속담도 생활환경이 바뀌어 리듬이 깨어지면 통하지 않는 것 같다. 애견센터를 인수하고 몇 개월 후, 애견들의 식사가 문젯거리로 등장하였다. 애견센터에는 덩치가 큰 셰퍼드, 진돗개를 비롯하여 작은 애완견 등 20여 마리가 있었다. 식사는 새벽에 종업원 J 군이 서면 중심가에 계약해 놓은 중국집 몇 집을 돌면서 잔반을 가져와서는 이물질을 제거하고 잘 씻은 후, 거기에다 닭고기, 돼지고기, 마른 멸치 등을 새로 넣어 연탄불에 끓여서, 그날 오후 5시와 다음 날 아침 6시에 주었다.

그러던 어느 날, 뜻밖에도 J 군이 방위병 근무를 하게 되었다며 쉬는 날은 종전대로 하고 출근하는 날은 아침식사시간을 30분 앞당기고 저녁 시간도 오후 6시로 해야겠다고 하여 식사시간이 변경되었다. 그러자 황당한 일이 벌어졌다. 처음에는 아침 6시가 가까워지면 밥을 달라고 짖어대던 소리가 날이 갈수록 조금씩 앞당겨졌다. 급기야는 잠결에 왕왕거리는 소리에 놀라 벌떡 일어나 시계를 보면 새벽 4시 일 때도 있었다. 그 당시 L 수의사는 미혼으로 출퇴근을 하였고 J 군은 애견센터에 딸린 한쪽 작은 방에서 생활하였으나 식사는 우리 식구들과 같이하였다.

하지만 방위병 근무를 하고 나서부터 J 군의 외박이 잦아졌고 왕왕거리는 소리가 오래 계속되는 날, J 군의 방은 어김없이 비어있었다. 그럴 때는 내가 나서는 수밖에 없었다. 상가 지역이지만 혹시나 동네 사람들이 잠자는데 방해가 되어 항의가 있을 것 같아, 막대기를 계속 들고 있기도 하고 입을 막기 위해 할 수 없이 그 시간에 밥을 주기도 하였다. 마침내 새벽 4시가 식사시간으로 변경되었다. 완전히 리듬이 깨어져서 못된 버릇이 생기게 된 것이다.

어디 그뿐인가. 저녁 시간은 더욱 가관이었다. 끓인 밥을 식기에 한 그릇씩 담아 놓았다가 식으면 오후 5시에 배식을 하였다. 그런데 이 역시 아침 식사를 일찍 하다 보니, 시일이 흐르자 다 식기도 전에 자꾸 짖어댔다. 하는 수없이 밥을 식히기 위해 부채로 부치기도 하고, 어떤 때는 다 식기도 전에 주기도 하였다. 그럴 때는 어떤 놈들은 빨리 먹으려다 다 쏟기도 하고 얼굴에 뒤집어쓰는 놈들도 있어 한마디로 아수라장이 되었다. 체계 역시도 완전히 허물어져 버린 것이다. 내가 외출을 하여 볼일을 보다가도 애견들의 식사시간이 가까워져 오면 왕왕거리는 소리가 들려오는 것 같아 불안하기 짝이 없었다. 한동안 그런 생활이 계속되었다. 결국, J 군이 애견센터를 그만두고, 새로 S 군이 일을 하면서 애견들은 서서히 리듬과 체계를 되찾아 못된 버릇을 고치고 본래 모습으로 되돌아갔다.

어느 수필가는 "개 짖는 소리와 닭 울음소리는 멀리서 들어야 한다."라고 했다. 적당한 거리는 베일과 같은 신비스러운 효과를 내기 때문이란다. 하지만 나에게는 그 후로도 오랫동안 그 왕왕거리는 소리가 트라우마로 남아 나의 귓전을 맴돌고 있었다.

🐹 돌잔치

결혼생활 한참 후에도 아기가 없어 애를 태우며 아기를 가지려고 온 갖 정성을 다하는 사람들이 있다. 하지만 그 정성을 애견에게 대신 쏟 아붓는 사람도 있다.

1990년 여름, 30대 후반의 얌전하게 생긴 아주머니 한 분이 찾아왔 다. 남편이 의사로 결혼한 지 10년이 지났는데도 아기가 없어 혼자 있 는 시간이 무료하다며, 다 커서도 자그마하고 애교가 많은 강아지 한 마리를 권해 달라는 것이었다.

애교가 많은 강아지라면 먼저 푸들을 들 수 있는데, 한국 챔피언을 여러 차례 획득한 우리 애견센터의 토이푸들 종견 '미미'의 강아지 암 놈 한 마리가 마침 애견센터에 있어서 나는 그 강아지를 아주머니에 게 권했다. 첫눈에 반하여 아이처럼 좋아하며 잘 키우겠다는 아주머 니에게 강아지와 용품, 이름, 생년월일, 혈통 등이 적혀 있는 혈통서까 지 건네주었다.

그러고는 잊고 있었는데 그해 가을 어느 날, 그 아주머니가 한 손에 는 자그마한 예쁜 바구니를 들고 또 한 손에는 보자기에 싸인 무엇인가를 들고 들어왔다. 잠시 후에 바구니를 열자 그 안에는 폭신한 면 위에 귀걸이와 발톱에 빨간 매니큐어로 단장한 깜찍한 푸들 강아지가 들어있었다. 오늘이 강아지가 태어난 지 백일이어서 자기 집에서 미역국과 밥, 떡, 과일 등을 차려놓고 동네 사람들을 불러 백일잔치를 하고, 친정에 예쁘게 자란 강아지 모습도 보이고 떡도 갖다 줄 겸 왔다는 것이다. 애견 일을 십수 년째 하고 있지만, 강아지 백일잔치를 하는 사람을 처음 대하고 보니 당황스럽기도 하고 한편으로는 애견가답다는 생각이 들었다.

그리고 그다음 해 여름, 하늘색으로 곱게 접은 한 장의 편지를 받았다. 그것을 펴 보는 순간 나는 깜짝 놀랐다. 뜻밖에도 토이푸들 돌잔치에 꼭 참석해 달라는 그 아주머니의 초청장이었다. 거기에는 강아지의 예쁜 사진까지 박혀있는 것이 아닌가. 나는 감동하여 그 초청장을 애견센터 사무실 책상 위쪽 벽에다 붙여 놓고 찾아오는 애견가들에게 자랑하자 부러워하는 사람, 쓴웃음을 짓는 사람, 직설적으로 말하는 사람 등 감정 표출도 각양각색이었다.

돌 잔칫날, 나와 집사람이 케이크를 사 들고 거제동 쪽에 있는 K 아파트의 아주머니 집 현관문을 들어서는 순간, 마치 부잣집 아기 돌잔치처럼 많은 축하객이 와 있어 나는 또 한 번 놀랐다. 거실 안쪽 잔칫상 앞에서 아주머니가 머리에 빨간 리본을 꽂고 가느다란 금목걸이와 빨간 매니큐어 발톱으로 단장한 강아지를 안고 웃음을 띠면서 손님들을 맞이하고 있어, 우리 부부가 거기로 다가가자 다정하게 손을 잡으며 반갑게 맞이해 주었다. 주위를 살펴보자 잔칫상 옆에는 손님들이 가지고 온 돌반지와 선물들이 쌓여있고 옆방에는 맛있는 음식이 가득한 상들이 차려져 있었다.

조금 후에 행사가 시작되었다. 아주머니의 인사말이 있고 난 다음 케이크 절단 식에 우리 부부를 나오게 하여 친정집 부모라고 소개를 하자 손님들은 손뼉을 치면서 깔깔 웃었다. 이윽고 차려놓은 상들에 축하객들이 둘러앉아 서로 담소를 나누면서 웃음꽃을 피웠고 우리 부부도 같이 어울렸다. 그렇게 해서 돌잔치가 어느 정도 무르익었을 때 우리 부부가 그곳을 살짝 빠져나오자, 어느새 아주머니가 우리를 보았는지 따라나오며 고맙다는 인사와 함께 기어이 떡과 음식을 챙겨 주는 것이 아닌가.

나와 집사람은 정말 친정 부모나 된 것 마냥 우리 푸들 잘 돌봐 달라는 부탁을 하고는, 발길을 옮기면서 아주머니의 가정에 행운과 하루속히 아기가 생기기를 빌었다.

🐾 시추 강아지 보러 가던 날

같은 경우라면 차를 타고 갈 때 옆자리에 남자보다도 여자가 있는 것이 남자들에게는 더 좋을 것이다. 굳이 이유를 따지자면 이성에 대한 호기심 때문인지도 모른다.

1996년 이른 여름 어느 날, 구서동에 사는 Y 여사로부터 전화가 왔다. 시추 강아지가 젖을 뗄 때가 되었다며 한 번 와 달라는 것이었다. Y 여사 집 시추는 예쁘고 깜찍하게 생겼다. 초봄에 우리 애견센터에서 짝짓기를 시킬 때, 그날 손님으로 왔던 여자분이 반해서 새끼를 낳으면 암놈 한 마리를 키우고 싶다고 예약을 해 두었는데 암놈 세 마리에 수놈 한 마리라고 한다.

Y 여사가 늦게 잠을 잔다며 일과를 마치고 와도 된다기에 나는 다음 날 저녁 9시경에 애견센터에서 가까운 부전역에서 지하철을 탔다. 마침 여자 셋이 나란히 앉아 있던 자리에서 가운데 분이 내리길래 내가 그 자리에 앉았다. 잠시 후 옆에 있는 여자들을 조심스레 살펴보았다. 한 명은 간호학이란 책등 몇 권을 무릎 위에 놓은 것으로 보아 간호 대학생 같았고 또 한 명은 얼굴이 매력적으로 생기면서, 애교스럽

고 끼가 있어 보이는 30대 중반의 여인이었다.

지하철이 시청역을 지날 무렵, 여인의 고개가 내 어깨에 닿기 시작하더니 심하면 자세를 고치곤 하는 것이었다. 아마 졸음이 오는 것 같았다. 조금 후 동래역에서 여인의 옆에 앉았던 분이 내리고 젊은 여인 두 사람이 타서 앞좌석의 빈자리에 앉았다. 여인의 고개는 더 자주 내 어깨 쪽으로 넘어왔다. 지하철이 부산대역에 다다랐을 때 내 옆의 여대생 등 몇 명이 내리자, 나와 여인만이 남게 되었다. 그녀는 아예 고개를 내 어깨에 기대고 있었다. 어느 사이좋은 부부나 다정한 연인처럼……

앞자리에는 내가 처음 탈 때부터 있었던 분도 있고 아직도 몇 분이 있었다. 그분들 보기가 민망해 얼굴이 달아오르기 시작했다. 다음 역이 장전 역이고 그다음 역이 구서역이라 자세를 고쳐야 하겠는데 쉽지가 않았다. 싫지가 않았기 때문일까? 장전역이 지나가고 구서역에 닿았는데도 나는 일어날 생각을 않는다. 살며시 눈을 감았다. 여인의 감미로운 채취가 묻어나고 머리에서 향긋한 냄새가 스민다.

그런 상태로 네 구역을 더 갔다. 마지막 종섬인 노포역에 다다랐을 때 여인이 살며시 고개를 들고 "피곤해서 잠시 잠이 들었나 본데, 실례가 되었다면 사과 드릴게요!" 빙그레 웃으면서 여인이 지하철에서 내렸다. 다시 되돌아오면서 나도 따라 내려서 다음에 차라도 한잔하자고 이야기할 걸 하고 후회가 되었다.

정신없이 구서역에 내려 Y 여사 집에 도착하였을 때 Y 여사가 반갑게 맞아 주었다. 시추 강아지는 예상대로 너무나 예뻤지만 조금 어려 일주일 후에 가져오기로 하고, 지하철에서 있었던 일을 이야기해 주었더니 "오늘 돈 안 들이고 즐거운 데이트를 하셨네요. 한번 따라가 보시지 그랬어요." 하며 호호호 웃었다. 이런저런 이야기를 하다가 Y 여사 집을 나와 발길을 재촉하여 돌아오는 지하철을 탔는데, 무슨 까닭인지 시추 강아지가 아닌 지하철에서 만난 여인이 나의 머릿속을 맴돌고 있었다.

🐱 미용이 빚은 실수

깔끔하게 미용을 시켜서 예쁘게 키울 수 있는 애완견의 종류도 많지만, 미용을 할 때 좀 더 잘해보겠다고 신경을 쓰다 보면 예기치 못한 실수를 할 때가 있다.

1994년 봄. 30대 후반의 주부가 윈도에 놀고 있는 강아지 중에서 유독 토이푸들 강아지 암놈 한 마리에 시선을 보내다가 애견센터 안으로 들어왔다. 그녀는 그 강아지에 대해서 이것저것 물어보고 또 안아보고는 마음에 쏙 든다며 사가지고 갔다. 그로부터 2개월쯤 지났을까? 그녀가 미용을 시키러 강아지를 다시 데리고 왔는데, 눈망울이 초롱초롱한 것이 아주 참하게 크고 있어 무척 흐뭇했다.

내가 미용을 하는데 한 시간 정도 걸린다고 하자, 그녀는 그 사이에 볼일을 보고 올 테니 미용을 해 놓으라는 것이었다. 그런데 성견의 경우에는 한 시간이 더 걸리는 수가 많다. 왜냐하면, 어떤 놈은 미용할 시기를 놓쳐 털이 마구 엉키어 지저분할 뿐 아니라 발톱이 길어 살 속을 파고들기도 하기 때문이다. 그럴 때는 예쁜 모양을 낼 수가 없어 털을 짧게 깎고 발톱 정리를 해서 목욕을 시켜놓으면 주인과 서로 이산 가족 상봉이라도 한 듯 좋아서 뽀뽀를 하고 야단법석이다.

그녀가 나가고 나서 미용을 시키려고 하자, 그놈은 성격이 명랑하여 한시도 가만있지 않아 집사람이 그놈을 달래가며 꼭 잡아주어 무사히 털을 깎고 손질까지 마쳤다. 그러나 아직 시간이 조금 남아있어 좀 더 꼼꼼히 살펴보았더니, 아무래도 입 주위를 한 번 더 손질해야 할 것 같아 내가 가위를 세워서 가위질하는 순간 갑자기 그놈이 혀를 내밀어 조금 베고 말았다. 깜짝 놀라 그곳을 살펴보았더니 피가 나고 있었다. 보통 문제가 아니었다. 내가 그놈을 안고 머리를 쓰다듬어 주며 미안하다고 하는데도 그놈은 겁이 났는지 잔뜩 기가 죽어있는데다, 당장이라도 주인이 나타났을 때 그놈이 혀라도 내밀면 어떻게 하나하고 가슴이 조마조마하였다.

다행히 그녀가 좀 늦게 나타나 한시름 놓았고, 그녀는 이런 사실을 알지 못한 채 고맙다는 인사를 남기고 떠났다. 하지만 집에 가서 알게 될까 봐 무척 걱정되었으나 그날은 물론 다음 날도 무사히 지나갔고 계속 아무 탈 없이 지나갔다. 정말 다행이었다. 그렇지만 본마음은 그놈에 대한 죄책감으로 항상 가슴 한구석이 찡해있었다.

그로부터 6개월쯤 지났을까? 어느 날 그녀가 짝짓기를 시키러 왔다. 그때 그놈이었다. 이제는 어느 정도 다 커서 어엿한 푸들 모습을 하고 있었다. 나는 반사적으로 그놈의 입을 벌리고 혀를 보았다. 그런데 공교롭게도 혀는 붙어있었고 끝만 알듯 모를 듯 조금 벌어져 있는 것이 아닌가. 나는 그 순간 나도 모르게 눈시울이 뜨거웠고 그때야 비로소 그놈에 대한 마음의 빚을 내려놓을 수 있었다.

그 후 예쁜 새끼 세 마리를 낳았다는 소식을 들은 것이 마지막이었다.

🐾 실수가 빚은 분만의 고통

자그마한 실수가 엄청난 화를 부를 수도 있다. 1982년 봄, 50대 후반의 남자분이 좋은 종견이 있다는 소문을 들었다며 짝짓기를 시키러 왔다. 가져온 암놈을 보니 덩치는 조금 크나 얼굴이 예쁘게 생긴 치와와였다. 발정시기가 좀 이르지만 앤디와 짝짓기를 시킨 후 3일 뒤에 한 번 더 오라고 하고 연락처를 물었더니 초장동에 사는 P 씨라는 것이다.

초장동은 애견센터에서 제법 멀리 떨어져 있는데, 내가 결혼 전에 부모님과 같이 살던 부민동 이웃 동네로 우리 가족이 부산에서 처음부터 살던 곳이다. 당시 그 동네에는 P 양이 살고 있었고 얼굴이 예뻐 인기가 대단했었다. 나도 한 번 사귀어 보고 싶었지만, 용기가 없어 말을 걸지 못하고 길에서 한 번씩 마주치는 것으로 만족해야 했다. 그런데 희귀 성인 수필가 P 선생님과 같은 성인 데다 초장동에 산다면 혹시 'P 양의 아버지가 아닐까?' 하는 생각에 P 양의 이야기를 조심스레 끄집어내었더니, 그분이 P 양의 아버지였고 그녀는 시집을 갔다는 것이었다. 오래전에 내가 좋아했던 사람의 소식을 들으니 반갑기도 하고 한편 섭섭하기도 하였다.

그 후 두 번째 짝짓기를 시키고 10여 일이 지났을 때쯤 초장동 P 씨 집이라며 어느 여인의 전화가 걸려왔다. 치와와가 아직도 출혈이 있어 새끼가 안 된 것 같다는 것이었다. 간혹 짝짓기를 시킨 후 오랫동안 출혈이 있는 개도 있지만, 혹시나 해서 한번 가져와 보라고 하자, 다음 날 치와와를 안고 들어오는 여인이 뜻밖에도 그때 P 양이 아닌가. 너무나 반가워 안절부절못하다가 자세히 보니 아주머니티는 조금 나지만 예쁜 외모는 옛날 모습 그대로였다. 그녀도 나를 알아보고는 역시 기뻐하였다.

우선 치와와를 살펴보았다. 짝짓기 시기는 이미 지나있었다. 간혹 그런 애견도 있으니 지켜보자고 안심을 시키고는 서로 그동안의 이런저런 이야기를 하게 되어, 그 당시 내가 P 양을 무척 좋아했다고 말하자.

"그럼 그때 한번 프러포즈를 해 보시지요? 그랬으면 좋은 결과가 있었을지도 몰랐을 텐데……."

무척 아쉬운 듯 웃으면서 농담 반 진담 반으로 대답하였다. 내가 다시 말을 이었다.

"이제 P 양이 아닌 P 여사라고 불러야 되겠네요. 아버지가 시집을 갔다고 하던데요."

"예, 시집을 갔어요. 그런데 요사이 친정에 와 있는데 제법 오랫동안 있을 거예요."

서로 이야기를 주고받는 동안 시간이 많이 흘러 헤어질 때, 나는 그녀에게 치와와가 새끼를 낳을 때 어려운 점이 있으면 연락하라고 하였다.

그로부터 약 20일 후 그녀로부터 걸려온 전화를 받았다. 새끼를 배었는지 궁금하다며 한번 와달라는 것이었다. 그래서 바로 다음 날 초장동 그녀 집을 방문하여 치와와 배를 만져보니 분명히 새끼가 들어 있었다. 그녀는 애처럼 좋아하며 혹시 새끼를 못 낳으면 연락하겠다고 하였다.

그 후로 한참 잊고 있었는데 두 번째 짝짓기를 시키고 두 달째 되던 날 저녁 무렵 그녀로부터 급한 목소리의 전화가 걸려왔다. 치와와가 새끼를 낳으려고 그러는지 자기 집을 박박 긁고 불안해한다는 것이었다. 나는 P 여사 집 치와와는 덩치가 크고 튼튼하여 충분히 새끼를 낳을 수 있을 것 같으니 옆에서 지켜보라고 하고는 새끼 받아내는 요령을 알려주었다. 그런데 두 시간 정도 흐른 후에 재차 전화가 걸려왔다.

지금까지 새끼를 낳지 않고 있어 조금 더 시간이 지나 동물병원들도 문을 닫으면 큰일이라며 우리 집 수의사를 보내주든지 아니면 나라도 와달라는 것이었다. 하지만 C 수의사는 이미 퇴근을 하였고 마침 나도 그날 바쁜 일이 있어 갈 수가 없었다. 사정을 이야기하고 가까운 동물병원에 연락하라고 하고는 볼일을 보고 밤 12시경 그녀에게 전화를 하였더니, 가까운 동물병원에서 제왕절개수술로 새끼 한 마리를 낳았다고 하여 나는 그나마 다행이라고 위로를 해 주었다.

다음 날 아침, 그녀로부터 또다시 급한 목소리의 전화가 걸려왔다. 아침에 자고 나서 보니 어미가 죽은 새끼 한 마리를 더 낳았는데 배가 엉망이니 빨리 좀 와달라며 울먹여, 부랴부랴 달려가 보니 어처구니없는 일이 벌어져 있었다. 어미가 자연분만으로 새끼 한 마리를 더 낳았으나, 새끼를 낳으려고 힘을 너무 주어 제왕절개수술 후 기워놓았던 부위가 다 터져 거의 사경을 헤매고 있었다. 깜짝 놀라 나는 그녀와 같이 어미를 데리고 제왕수술을 했던 K 동물병원으로 가서, 수의사가 다시 봉합수술을 하여 가까스로 생명은 건졌다.

그 후 그녀는 나에게 어미가 후유증으로 고생을 많이 해서 다시는 짝짓기를 시키지 않겠다고 푸념하였다. 아마 그날 내가 볼일을 제쳐놓고 그녀의 집에 갔더라면, 두 번째 새끼를 가질 무렵 그녀를 다시 만났을지도 모른다. 그러나 이미 때가 늦은 걸 후회해 본들 무슨 소용이 있겠는가. 그로부터 그녀를 한 번도 만나지 못했다. 나에게 아쉬움과 아픈 기억만을 남겨 주고는……

우리는 살아가면서 뜻하지 않게 실수를 하게 된다. 그런데 사소한 실수라도 그것이 피해로 연결된다면 불행의 원인이 될 수도 있다. 특히 생명을 담보로 하는 실수는 돌이킬 수 없는 불행을 가져올 수도 있기 때문에 더욱더 신중을 기해야 하는 것이 철칙이 아니겠는가.

🐾 전오의 활약과 복동이의 망신

혈통이 좋고 예쁜 강아지를 보급하려면 애견센터에서는 우수한 종
견부터 갖추어 놓아야 한다. 진돗개 전오는 1982년생 황구로 1983년
가을, 동대신동에서 진돗개 번식을 하던 B 여자상업고등학교 N 교감
선생님 집에서 가져왔다. 선생님은 진돗개 전문가로서 우수한 진돗개
를 많이 배출하여 그의 집 강아지는 모두 탐을 내었지만, 그는 성질이
곧아 아무에게나 분양하지 않았다.

내가 전오를 가져온 것은 행운이었다. 애견센터를 운영하면서 아주
멋진 진돗개 종견을 구입하려고 노력하였으나 마땅치 않아 애를 태우
던 중, 1983년 가을 문득 선생님이 생각나서 댁에 전화를 하게 되었
다. 마침 사모님이 받기에 인사를 드리고 진돗개를 한번 구경하고 싶
다고 하였더니, 나에 대해서 많은 이야기를 듣고 있다며 선생님이 집
에 계시는데 오려면 지금 오라고 집 위치를 알려주는 것이었다.

나는 선생님에 관한 이야기는 많이 들었지만 한 번도 뵙지는 못한
터라 설레는 마음으로 단숨에 달려가자, 선생님과 사모님이 반갑게 맞
이해주었다. 그리고는 선생님은 나를 응접실로 안내하여 제법 오랫동

안 진돗개에 관해서 이야기하다가 뒤뜰로 나를 안내하였다. 그 순간 나는 감탄을 금하지 않을 수 없었다. 거기에는 내가 가장 좋아하는 정통 스타일의 여러 마리의 진돗개들이 나의 눈과 마음을 사로잡는 것이 아닌가. 그러고 보니 선생님이 고집을 부릴 만도 하구나 싶었다.

그런데 그중에서 유난히 나의 마음을 사로잡는 놈이 있었다. 그러나 마음속에만 담아두고 그때부터는 어떻게 말씀을 드려서 저놈을 가져갈까 하는 생각으로만 가득 찼다. 뒤뜰에서 한참 동안 진돗개들을 구경하고 다시 응접실에 왔을 때 내가 먼저 말문을 열었다.

"오늘 이렇게 멋진 진돗개를 보여주셔서 정말 고맙습니다."

"제가 지금까지 본 진돗개 중에서 최고인 것 같습니다."

라고 말하자 선생님은

"사실 주위에서는 자기들이 키우는 진돗개가 최고라고들 하지만, 막상 가보면 우리 진돗개를 못 따라오지요."

"내가 보아도 우리 진돗개가 최고인 것 같아요."

라고 응답하였다. 나는 그때를 놓칠세라 얼른

"맞습니다. 선생님의 진돗개에 홀딱 반해서 다 가지고 가고 싶은 심정입니다."

그러고 나서 잠시 후 내가 다시 말을 이었다.

"선생님! 제가 오늘 선생님께 부탁 말씀 하나 드려도 되겠습니까?"

라고 말하자 선생님은

"나에게 무슨 부탁이 있는데요?"

라고 반문하여 나는

"우리 애견센터에 우수한 진돗개 종견이 없어 애로가 많습니다."

"선생님 종견 중에서 나이가 많아 이제 종견의 가치가 별로 없는 한 마리를 저에게 넘겨주면, 종견으로 쓰면서 선생님의 이름도 같이 내겠습니다."라고 하자 선생님은

"우리 집 진돗개들은 나이가 많은 놈도 수놈 구실을 잘하여 아직도 종견으로 쓰고 있고, 또 정이 들어 안 되지."라고 말하는 것이었다.

나는 그 순간을 피하고 한동안 눈치를 살피다가 용기를 내어 내가 마음에 점 찍어 두었던 놈을 달라고 사정하였다. 그러자 선생님은 그 놈은 작년 봄에 태어나서, 아직 짝짓기를 시켜보지 않아 짝짓기를 잘 하는지도 모르겠고 그놈 형제가 다섯 마리인데, 내가 다 받아내어 이름도 태어난 차례대로 전일, 전이, 전삼, 전사, 전오라고 지었다는 것이었다. 그리고 말을 이어 그놈은 제일 막내 전오인데, 강아지 때부터 하도 영리하고 잘생겨서 종견 감으로 키우고 있다고 하였다.

나는 선생님 앞에 바짝 다가앉으면서 말했다.

"짝짓기를 못해도 좋습니다. 나와 전오의 만남은 숙명인 것 같습니다."

"저에게 주십시오. 내가 전오를 전국에서 제일가는 종견으로 만들겠습니다."

나의 뜻밖의 억지에 선생님은 놀라는 것 같았고, 사모님도 옆에서 선생님의 눈치를 살피는 것 같았다.

그러기를 약 한 시간, 드디어 선생님이 입을 열었다.

"정말 전오를 잘 키울 수 있겠어요?"

그러고는 내 손을 덥석 잡았다. 정말 이루어질 수 없을 것 같았던 일이 벌어져, 나는 선생님이 최면이라도 걸린 것 같은 생각이 들었다. 하지만 선생님의 마음이 변할까 봐 나는 흥분된 마음을 감추고 사모님께 급히 용달차를 불러 달라고 하자, 사모님은 처음에는 눈이 휘둥그레져서 어리둥절해 하였지만, 선생님의 설득으로 이내 평온을 찾았다. 나는 집을 나설 때 고맙다는 인사를 몇 번이나 하였고 선생님과 사모님은 집 앞까지 나와서 환한 미소로 나와 전오에게 손을 흔들며 작별 인사를 해주었다. 그런데 그 진돗개가 바로 종견사의 보배, 아니 전국에 명성을 떨쳤던 전오였다.

전오는 내가 데려온 후 애견센터에 두지 않고 집에 두었는데, 처음 며칠은 경계를 하는 듯하였으나 성질이 좋아 이내 친해졌다. 그래서 아침저녁으로 꾸준히 운동을 시키자, 이듬해에는 자태가 더욱 늠름해져서 소문을 듣고 찾아온 사람들은 모두 다 감탄하였고 여름에는 2세도 태어났다. 역시 수준급이었다.

1985년 봄, 대로변으로 이사를 하였더니 영업이 활발해졌다. 진돗개 짝짓기 역시 부쩍 늘어나 걱정이 되었으나 전오가 척척 해결하는 것이었다. 그해 여름부터는 출장 짝짓기는 주로 밤에 시켰다. 내가 새로 구입한 승용차를 운전하고 뒷좌석에 집사람이 전오와 같이 타고 가면 전오는 성격이 깔끔하여 침도 많이 흘리지 않고 좌석이 항상 깨끗하였다.

다음 해 봄에는 주택도 전포동으로 옮겼다. 나무도 많고 정원이 넓어 애견센터를 하는 나에게는 안성맞춤이었다. 그러나 짝짓기를 전오 혼자서 계속 담당할 수도 없고 전오 혈통을 전오에게 짝짓기시키면 근친이 되기 때문에 그것을 피하기 위해서 키운, 혈통이 다른 진돗개 강아지 복동이가 1986년 봄에는 어미가 다 되었다.

정원 한쪽에는 10평 정도의 지하실이 있었다. 거기에는 애견용품들을 보관하고 있었지만, 그 지붕이 평면 슬래브로 되어있는데다 정원에서 60센티 정도의 높이로 오르내리는 것이 편안하여 6월부터는 그 위에 오른쪽은 전오, 왼쪽은 복동이의 집을 만들어 문은 항상 열어놓고 전오와 복동이를 제법 긴 줄로 매어 놓았다.

그러던 어느 날, 내가 애견센터에서 애견용품을 가지러 집에 들어서자, 두 놈이 싸우고 있어 깜짝 놀라 뛰어가서 말리는데 전오가 내 다리를 물었다. 그제야 복동이의 줄이 풀린 것을 알고는 제자리에 묶어두고 전오에게 다리를 보여주며 야단을 치자, 전오는 자세를 낮추면서 두발을 싹싹 비비고 미안해서 어쩔 줄을 모르는 표정을 지었다.

그런 곡절을 겪으면서 어느덧 복동이도 짝짓기를 하게 되어 서로 분

담을 하게 되었다. 전오는 영리하고 성격이 쾌활한 반면, 복동이는 성격이 과묵하고 동작이 느린 편이었지만, 체구가 좀 큰데다 자태가 전오 못지않아 복동이와 짝짓기를 원하는 사람들도 많이 생겨나 팬이 서로 갈리게 되었다. 그중 부산진경찰서에 근무하는 J 경사는 전오의 열렬한 팬이었다.

출장 짝짓기를 시킬 때, 복동이도 처음에는 전오처럼 승용차에 태웠으나 침을 많이 흘리고 한시도 가만있지 않고 나부대어 피곤할 뿐아니라 좌석이 금방 지저분해져 부득이 승용차 출장을 포기하였다. 대신 두 놈 다 1톤짜리 용달차를 이용했다. 여름철 낮에는 철판으로 된 용달차의 바닥이 뜨거워 발을 델까 봐 물을 붓고 종이상자나 나무판을 깔기도 하였다. 그로부터는 대문 앞에 용달차 소리만 들려도 서로 가려고 난리 법석이었지만, 짝짓기를 마치고 올 때는 기운이 없고 조용하였다.

그런데 언제부터인가 복동이에게 문제가 생겼다. 어떤 때는 상대가 마음에 들지 않아서인지 몰라도 배슬배슬 하면서 짝짓기를 하지 않아 애를 먹기도 하였다. 그러던 중 일이 벌어지고 말았다. 1990년 초여름, 누가 진돗개 종견을 보러 왔기에 두 놈을 보였더니 그는 복동이가 마음에 든다며 김해 변두리에 있는 청둥오리 집으로 내일 출장을 와 달라는 것이었다. 그러나 날씨가 더운데다 길도 멀고 내심 복동이에 대한 콤플렉스가 있어 전오를 권했지만, 그의 마음은 변하지 않았다.

다음 날, 무거운 마음으로 아침 일찍 복동이를 용달차에 싣고 청둥오리 집으로 가자, 주인이 집 앞에서 기다리고 있었다. 암놈 상태를 살폈더니 적기였다. 잠시 후 짝짓기를 시키려고 주인이 안내하는 동네 공터로 가서 복동이가 안정을 취하는 사이에, 어느새 동네 분들 여남 명이 구경을 와서 복동이가 멋지다고 입을 모으고 있었다.

짝짓기가 시작되었다. 처음에는 서로 반응이 좋아 금방 성사되는듯 하였으나, 이상하게 실패를 거듭하는 것이었다. 그러는 동안 시간은 계속 흐르고 햇볕이 뜨거워지자, 그때부터는 복동이가 아예 짝짓기를 거부하였다. 할 수 없이 짝짓기시키기를 중단하고 두 놈을 시원한 그늘 밑에 쉬게 하였다. 그러는 사이 주인이 찬 우유를 사가지고 와서 먹인 후, 한참 후에 다시 시도하였으나 역시 허사였다.

그러기를 여러 번……. 주인은 곧 집어치울 듯한 인상으로 변해가고 있었고 동네 사람들도 수군거리기 시작했다. 보통 망신이 아니었다. 그것도 동네 망신이었다. 더 이상 뾰족한 방법이 없지 않은가. 내가 주인에게 사정을 하였다.

"길도 멀고 날씨가 더워 오늘 짝짓기가 잘 안 되는 것 같습니다."

"암놈을 우리 집으로 데려가서 전오와 짝짓기를 시키면 어떻겠습니까?"

잔뜩 찌푸린 얼굴로 주인이 입을 열었다.

"나도 오늘 볼일이 있고 성질 같으면 당장 집어치우고 싶지만, 서로 하도 고생을 많이 해서 내가 참고 양보를 하지요."라고 말하는 것이었다. 천만다행이었다. 서둘러 두 놈을 용달차에 싣고 한 사람만 탈 수 있는 조수석에 내가 앞쪽으로 약간 엎드려 둘이서 타고 집에까지 오자, 옷은 온통 땀으로 젖어있었다.

그런데 이런 사정을 알기라도 하듯, 전오가 짝짓기에 성공하였을 때서야 나는 안도의 숨을 내쉴 수 있었지만, 한편으로는 시샘도 하지 않고 순한 양같이 앉아있는 복동이의 모습이 밉기도 하고 어쩐지 측은해 보였다.

짝짓기가 끝나고 용달차가 다시 김해로 떠날 때 시계를 보니 벌써 오후 4시가 넘어있었다. 그날 짝짓기로 받은 수수료보다 삯이 훨씬 더 많이 나갔다.

복동이의 망신 때문에 고생은 고생대로 하고…….

손님은 기다리는데

애견을 사고파는 것은 쉬운 일이 아니다. 생명을 가졌기 때문에 어디에 잔뜩 재어 놓을 수도 없고 손님이 찾는 대로 구색을 갖추어 놓기도 어렵다.

1990년 여름, 그날은 아침부터 비가 내리고 있었다. 오후 8시경, 어느 50대 초반의 부부가 울산에서 왔다며 예쁜 치와와 강아지 한 쌍을 찾는 것이었다. 애견센터에는 치와와 강아지가 없어 손님에게 잠깐 기다리라고 하고는 짝짓기 기록 노트를 살펴보았다. 재송동에서 짝짓기를 하고 간 것이 새끼를 낳았다면 어미젖을 뗄 때가 된 것 같았다.

전화를 해 보았다. 마침 짝짓기를 시키러 왔던 아주머니가 받아 암놈 두 마리 수놈 한 마리를 낳아서 40일 되었다고 하기에, 한 쌍이 필요하다고 하였더니 한참 머뭇거리다 초등학교에 다니는 아들한테 물어보고 내일 대답해 주겠다는 것이었다. 사정을 이야기하자 고맙게도 그럼 지금 아들이 어딜 가고 없을 때 빨리 와 보라는 것이 아닌가. 애견센터에서 재송동까지는 차로 약 30분 거리에 있어 손님에게 같이 가자고 하자, 비도 오고 해서 애견센터에 있겠다며 가서 강아지가 좋으면 속히 연락해 달라는 것이었다.

　종업원 K 군에게 손님을 잘 모시고 있으라고 당부하고는, 비가 오는 밤에 남자 혼자 남의 가정집을 방문하기가 무엇하여 집사람과 같이 승용차를 타고 달렸다. 그런데 도중에 차가 밀려서 약 1시간 후에 재송동에 도착하여 겨우 아주머니 집을 찾았다. 다행히 그때까지 아들이 집에 돌아오지 않았다.

　아들이 곧 돌아올 것만 같아 불안하여 아주머니에게 강아지를 빨리 보자고 하자, 아들 방으로 우리를 안내하였는데 강아지가 예쁘게 생겼기에 나는 아주머니가 원하는 강아지 한 쌍 값을 얼른 주었다. 그때 아주머니가 내가 귀찮아서 며칠 전에 초등학교 4학년에 다니는 아들에게 새끼 한 마리만 키우고 나머지는 팔자고 하였더니, 펄쩍 뛰면서 절대로 안 된다고 하던데 지금 돌아오면 큰일이 날지 모르니 빨리 가져가라는 것이었다. 그래서 급히 애견센터에 있는 손님에게 예쁜 강아지 한 쌍을 곧 가지고 가겠다고 연락하고는 아주머니의 배웅을 받으며 막 대문을 나서는 순간 그 초등학생과 마주쳤다.

　초등학생은 "엄마 뭘 가지고 가는데?"라고 말하고는 쏜살같이 자기 방에 들어갔다가 나오더니 우산을 쓰고 있는 나와 집사람을 가로

막으며 절대로 강아지를 못 가져가니 내어 놓으라는 것이었다. 집사람이 사정사정하고 아주머니가 설득해도 막무가내였다. 비는 계속 내리고 아이는 비를 맞으며 울부짖었다. 집사람이 우산을 받쳐줘도 싫다고 하며 계속 강아지를 내어 놓으라는 것이다.

그때 아주머니가 아이와 조금 떨어져서는 나를 잠시 보자고 하였다. 지난번에 초등학교 5학년 남학생이 자기가 좋아하는 애완견을 학교에 간 사이에 아버지가 팔아버려, 상심하다가 자살을 시도한 사건이 신문에 보도되었는데, 요새 애들은 감수성이 예민하여 이러다간 우리 아들도 큰일 나겠으니 도저히 안 되겠다고 하면서 돈을 다시 돌려주는 것이 아닌가.

할 수 없이 강아지를 돌려주고 나와 집사람은 빈손으로 그곳을 빠져나왔다. 그러나 우리를 믿고 지금 애견센터에서 기다리는 손님에게 어떻게 이야기를 해야 할지를 몰라 나는 한동안 넋을 잃고 있었다.

6장

🐾 새끼 고라니

고라니는 사슴과에 속하는 노루의 일종으로 몸이 작고 암수 다 같이 머리에 뿔이 나지 않으며 주로 우리나라의 명산을 비롯하여 야산에 분포되어 있다.

1982년 봄. 아직 이른 봄이라서 그런지 날씨가 제법 쌀쌀한 어느 날 오후였다. 예비군 복장을 한 남자 두 분이 고라니 새끼를 안고 황급히 동물병원으로 들어왔다. 그들은 예비군 교육을 마치고 좀 쉬고 있는데, 고라니 새끼 한 마리가 교육장으로 들어와 살금살금 다가가 잡으려고 하는데도 도망을 가지 않더라는 것이다. 그래서 얼른 안아보자 힘이 없는 것 같아 동물병원에 데리고 왔다며, 건강해도 자기들은 키울 수 없으니 치료를 하여 잘 키우라고 하고는 가 버렸다.

C 수의사가 그놈의 건강을 체크해 보고는 영양이 부실한데다 호흡기 질환도 동반하고 있다며 급히 영양제와 치료 주사를 놓은 후, 따뜻한 곳에 두었더니 잠을 한숨 자고 난 후 생기를 조금씩 찾기 시작했다. 우리는 고라니에 대해서 알고 싶어 동물 백과사전을 찾아보았으나, 먹이에 대해서는 큰 고라니에 대해서만 나와 있었다. 저녁이 되었

다. 그래도 우유는 먹지 않겠나 싶어 내가 강아지 젖병에 우유를 타서 빨렸더니 어렵사리 조금씩 먹었다. 다음 날도 치료를 하고 우유를 먹였다.

그러기를 일주일, 그놈은 완전히 원기를 회복하였고 그때부터는 제법 까불기 시작하였다. 식사도 우유와 죽을 섞어서 접시에 담아 주었고 보름째 되는 날부터는 죽만 주어도 그릇을 깨끗이 비웠다. 그렇게 하다 보니 그럭저럭 한 달이 지나 날씨도 화창하고 고라니도 제법 컸다. 이제는 갇혀있지 않겠다고 몸부림을 치기도 하는 것이 밖에 나가서 뛰어다니고 싶어 하는 것 같았다. 다리에 힘도 올리고 운동도 시킬 겸, 그놈을 윈도에 내어 놓아야겠는데, 작년에 있었던 원숭이 생각이 났다. 하지만 설마 고라니는 원숭이처럼 번잡스럽지는 않겠지 하는 생각에 그놈을 윈도에 내어놓았다.

아니나 다를까, 하굣길에 아이들이 구름처럼 몰려와 야단법석을 떨자, 그놈은 놀라서 이리저리 뛰어다니고 개들은 짖어대어 손님과의 대화가 안 될 정도로 애견센터가 엉망이었다. 하는 수 없이 그놈을 다시 산으로 돌려보낼까 아니면 동물원에 갖다 줄까? 하고 고민하던 차에, 마침 교대부속 초등학교 3학년에 다니는 큰딸아이가 자기 학교에 갖다 주자고 제의를 하는 것이었다. 사실 그때 그 학교에는 초등학생들에게 산교육을 시키기 위해, 토끼, 금계, 은계, 거위, 새 등 여러 종류의 동물을 키우고 있어 거기가 제일 적합할 것 같았다.

며칠 후 딸아이의 제의를 받아들여 학교에 전화를 하였더니 쾌히 승낙하여, 내가 그놈을 안고 집사람과 같이 학교에 가자 담임선생님은 물론 아이들도 다 좋아하였다.

그런데 그사이에 정이 들어서일까? 나와 집사람은 교문을 나서면서 몇 번이나 발걸음을 멈추고 그놈이 있는 곳을 뒤돌아보았다.

🐾 엇갈린 강아지의 운명

한 철없는 아이의 욕심이 갓 태어난 새끼강아지의 운명을 갈라놓고
말았다.

1987년 여름, 애견센터에서 번식용으로 기르고 있던 요크셔테리어
가 새끼를 배어 배가 땅에 닿을 정도로 불렀다. 대략 대여섯 마리는
가졌으리라 짐작되었다. 그런데 출산일을 앞두고 갑자기 서울 갈 일이
생겼다. 고심 끝에 애견 상식이 많은 J 군에게 수고비로 3만 원을 주면
서 요키가 오늘내일 사이에 새끼를 낳을 것 같으니, 혹시 밤에 낳으면
애견센터에 딸린 방에서 잘 보살피다가 새끼를 받아 놓으라고 당부를
하고는 서울 출장을 갔다.

막상 서울에 가서도 걱정이 되어 밤늦게 전화를 하자, 어미가 출산
기미가 보인다기에 재차 당부하고 다음 날 아침에 전화를 하였으나
받지 않았다. 애타는 마음에 집으로 연락을 하여 집사람에게 일찍 애
견센터에 가보도록 하고는, 한참 후 애견센터로 연락하였더니 집사람
이 전화를 받으면서 요키가 새끼 한 마리를 품고 있고 J 군은 보이지
않는다는 것이었다. 분명히 배가 그렇게도 불렀는데 새끼가 한 마리라

니 이건 있을 수 없는 일이었다. 분통이 치밀어 올랐으나 멀리서 어쩔 수가 없었다.

서울에서의 일을 서둘러 마치고 오후 늦게 부산에 도착하여 요키부터 살펴보았다. 역시 새끼 한 마리만 품고 있었다. 그나마 수놈이었다. 마침 애견센터에 와 있는 J군에게 따져 묻자, 펄쩍 뛰면서 기어이 한 마리만 낳았다고 우기며 새끼 받느라 어제저녁 한숨도 못 잤는데 오히려 꾸짖기만 한다며 훌쩍 가버려 속이 상했지만, 별도리가 없었다.

그런데 다음 날 아침, 애견센터 앞에 있는 슈퍼에 물건을 사러 갔더니 슈퍼 아주머니가 참 희한한 일도 있다며 J군의 이야기를 끄집어내었다. 어제 아침에 J군이 슈퍼에 와서 빈 요구르트병을 찾기에 어디에 쓸 것이냐고 물었더니 개 젖을 짜서 담으려고 한다기에, 그러면 한 병을 사 먹고 가져가면 되지 않느냐고 하자 한 병을 사서 마시고 빈 병을 가져갔다는 것이다.

나는 그 말을 듣는 순간 나도 모르게 애견센터에서 제법 떨어진 J군집을 부리나케 달려갔다. 그러나 문이 잠긴 채 집에는 아무도 없는 것 같았다. 할 수 없이 그 수위에서 한참을 서성이다가 돌아와서 나시 서너 번을 더 찾아간 끝에, 마침 오후 4시경에 J군 여동생 둘이 있기에 조심스레 혹시 새끼강아지가 없느냐고 물었더니 방에 있다는 것이 아닌가. 기쁜 마음에 단숨에 방으로 들어가자, 박스 안에 새끼 네 마리가 있었다. 다름 아닌 요키 강아지였다. 그것도 암놈만 네 마리였다.

하지만 젖을 먹지 못해 체온이 내리고 힘이 빠진 상태였다.

아이들에게 설명할 겨를도 없이 재빨리 새끼들을 품속에 넣어 와 어미의 젖을 물렸으나 빨지를 못했다. 그때부터 시작하여 밤새도록 정성을 쏟았으나, 결국 그 다음 날 아침에 모두 죽고 말았다. 이 얼마나 안타까운 일인가. 출산을 앞두고 서울을 갈 수밖에 없었던 나의 출장이 갓 태어난 새끼강아지들의 운명인가. 아니면 철없는 J 군의 욕심이 한 어미에서 태어난 강아지들의 생사를 갈라놓았단 말인가.

지금도 그때를 생각하면 코끝이 찡해온다.

🐶 왕눈이와 가상 임신

강아지를 보는 순간 흥분을 감출 수 없었다. 아직 어린데도 사과처럼 둥근 얼굴, 어여쁜 눈, 서로 우열을 가릴 수 없이 흠잡을 데가 없는 완벽한 강아지들이 아닌가.

1987년 여름, J 시장 앞에서 슈퍼마켓을 운영하는 K 씨의 전화를 받고 달려갔을 때의 일이다. 그 전해에 사간 치와와 강아지가 예쁘게 자라 종견 '샌디'와 짝짓기를 시켰었다. 수놈 한 마리, 암놈 두 마리를 낳아 젖을 뗄 때가 된 것이다. 나는 떨리는 가슴을 억누르며 K 씨의 눈치를 한참 살피다가 K 씨의 소원을 다 들어주면서 빼앗듯이 강아지들을 낚아채어 그곳을 빠져나왔다.

그 후 안방에서 정성을 들여 그놈들을 키웠다. 유난히 눈이 크고 머리가 큰 수놈은 밥을 먹다가 머리를 밥그릇에 처박기 일쑤였다. 아이들은 그놈을 왕눈이라고 이름을 지어 부르고 식구들이 외출할 때나, 아이들이 학교에서 돌아올 때는 왕눈이부터 챙겼다. 그렇게 지극 정성을 쏟아부어서인지 강아지들이 잘 자라주어 생후 4개월쯤 되었을 때부터는 세 마리 모두 마당에 한 번씩 내어놓았다. 뛰어다니게 하면서 다리에 힘도 올릴 겸 운동을 시키기 위해서였다.

그러던 어느 날 촐랑대던 왕눈이가 미끄러져 앞다리 한쪽을 다쳤다. 안타깝게도 다리가 부러져 깁스를 하게 되자, 조그만 강아지가 더욱 가엾게 보였다. 아이들은 찻숟가락으로 밥을 먹여주며 눈물을 글썽였다. 그러나 그 정성도 헛되이 깁스 20여 일 만에 왕눈이는 눈을 감고 말았다. 아이들과 집사람은 눈물을 펑펑 쏟았고 나도 가슴이 찡하여 식사를 하지 못했다. 우리는 왕눈이를 가까운 산자락에 묻었다. "잘 가!"라는 작별 인사와 함께…….

하지만 암놈 둘은 잘 자라 후일 모두 한국 챔피언을 획득하여 우리 종견사를 빛내고 나에게 많은 도움을 주었다.

다음 해 여름, 고맙게도 K 씨가 어미 치와와가 다시 발정이 왔다며 짝짓기를 시키러 왔다. 나는 부푼 가슴에 제2의 왕눈이를 꿈꾸며 역시 '샌디'와 짝짓기를 시켰다. 애견들은 대부분 62일 만에 새끼를 낳는데 소형견들은 2~3일 앞당겨 출산하는 경우가 많다. 그런데 짝짓기 후 50일쯤 되는 날, K 씨로부터 급한 전화를 받았다. 치와와가 유산을 하였는데 새끼가 없어 찾아보았더니 슈퍼 옆 상자 등을 쌓아두는 창고에 새끼 네 마리를 낳아 두었다는 것이다. 아직 날짜가 차지 않아 털도 없고 젖도 빨지 못해 강아지 젖병을 가지고 속히 와 달라는 것이었다.

55일 이전에 유산된 새끼는 살 가능성이 희박하지만, 혹시나 살릴 수 있을까 하는 생각에 하던 일을 멈추고 슈퍼마켓으로 급히 달려갔다. K 씨를 따라 슈퍼 옆 창고에 들어가 새끼를 살펴보는 순간 나는 소스라치게 놀라고 말았다. 치와와 새끼가 아니었다. 분명히 쥐 새끼였다. 강아지도 너무 조산일 때는 털이 없어 쥐 새끼와 비슷해 보이기 때문에 K 씨가 착각을 한 것 같았다. 강아지가 아니라 쥐 새끼라는 나의 말에 K 씨는 치와와 새끼라고 우겨댔지만, 어미의 가상 임신이 틀림없었다. 할 수 없이 나의 말을 믿지 않는 K 씨를 데리고 거제동 K 동물병원 수의사에게 새끼를 보임으로써 쥐 새끼 소동은 끝이 났다. K 씨는 허탈한 표정으로 긴 한숨을 내쉬었다.

그런데 한 번 거르면 발정이 빨리 오는데도 그 일이 있고 난 후 1년이 넘도록 소식이 없어 나는 혹시나 하고 슈퍼마켓을 찾아가 보았다. 뜻밖에도 그곳은 다른 업종으로 바뀌어 있었고 K 씨는 어디론가 이사를 가고 없었다.

🐱 스님 친구

우리가 처음 만났을 때 그는 스님이었고 세월이 많이 흘러서 만났을 때에도 스님이었다. 그는 신도들을 위해 기도하는 영원한 스님인데, 정작 자신은 사회에서 스님으로 알려지는 것을 두려워한 이유가 무얼까?

1983년 6월 어느 날 오후, 승용차 한 대가 애견센터 앞에 멈추었다. 감청색 정장 차림의 신사와 초등학교 1학년쯤으로 보이는 남자아이가 차에서 내려, 윈도에 놀고 있는 강아지를 유심히 살펴보고는 애견센터로 들어왔다. 내가 인사를 건네자 그 신사는 식구들이 털이 길고 예쁜 애완견을 좋아해서, 키워서 부업도 할 겸 암놈 강아지 두 마리를 사러 왔다며 요키 강아지를 가리켰다.

나는 그 신사와, 강아지들과 부업에 관한 이야기를 한참 주고받는 동안에 아무래도 그가 처음 보는 사람이 아니라는 생각이 들어 곰곰이 생각해 보았다. 그랬더니 그가 내가 고등학교에 다닐 때 초장동의 절에 같이 살던 작은 스님인 Y 군 같기에 나는 그에게 조심스럽게 물었다. 나와의 인연을! 그러자 그때야 그도 나를 알아보고는 이게 얼마만이냐며 무척 반가워하면서 내 손을 덥석 잡는 것이었다. 그래서 우리는 강아지 이야기는 뒷전으로 한 채 그때를 회상하면서 감회에 빠져들었다.

초장동은 내가 초등학교에 다니기 전부터 군대에 갈 때까지 살던 동네로 우리 집은 가난하여 그 동네 안에서도 세 번의 이사를 하였다. 내가 고등학교 1학년 때는 동생들도 줄줄이 입학을 하게 되어 우리 집은 더욱 형편이 어려워 절 안에 있는 집으로 이사를 갔다. 그때 주지 스님의 아들인 J군은 나와 한동갑으로 같은 학교에 다녔고, 절 아래엔 좌천동에서 오랫동안 가구점을 운영하던 나와 절친한 K와 서울에 있는 또 다른 K가 살고 있었다. 우리는 서로가 비슷한 환경에서 살고 있는 터라 특별히 만나자는 약속이 없어도 수시로 어울렸다.

그러던 어느 날, 주지 스님이 작은 스님이 왔다면서 그에게 절 이곳저곳을 안내하며 불도를 가르쳐 주고 있었다. 그 후부터 작은 스님인 그는 불경을 외우고 이른 새벽엔 범종을 울리면서 제법 자리를 잡아나갔고, 나이가 나보다 두 살이 더 많았지만 키가 크고 얼굴이 호남형인데다 붙임성이 있어 우리와 쉽게 가까워졌다.

절에는 한 달 동안에 몇 번의 행사가 있었다. 그때 제를 지내고 나면 J군은 떡과 부침개 등 음식물의 일부를 우리와 같이 나누어 먹었다. 그때는 배고픈 시절이라 그 맛은 꿀맛이었고 Y군은 우리에게 더 먹이려고 애를 썼다. 하지만 Y 군이 학교에 다니지 않는 것이 안타까워 J 군과 내가 주선을 해서 집에서 공부하는 통신고등학교의 책을 구입하게 하였다. 그때부터 Y 군도 우리와 같이 어울릴 때는 학생모를 쓰고 다닐 때가 많았다. 특히 야간에는 평소 우리가 돌아다니던 광복동, 남포동, 용두산공원 등에도 Y 군을 자주 데리고 갔으며 그 당시 광복동에는 야시장도 있었다.

내가 고등학교 3학년 때인 늦은 가을이었다. 하루는 Y 군이 자기가 잘 아는 보살님이 있는 절에 놀러 가자고 하여 J 군과 내가 따라나섰다. 지금 생각해 보니 어린이대공원의 성지곡수원지 좌측 산등성이에 있는 절이었다. 우리 셋은 그 절에서 하룻밤을 지내고 그날이 일요일이라 수원지 주변의 아름다운 가을 풍경을 감상하며 거닐다가, 마침 그곳에 놀러 온 서면 H 여고 학생 네 명을 만나 재미있는 시간을 보내고, 다음 토요일 저녁 제일극장 앞 뉴스타제과점에서 다시 다 같이 만났다. 나는 그중에서 제일 멋지고 예쁜 여학생과 짝이 되었고 그 후에도 여러 번 만났으나, 나의 잘못으로 헤어지게 되었는데 그 여학생은 내가 무척이나 아쉬워한 사람 중의 한 사람이다.

그런데 결혼 후 부모님 집에서 내가 보던 어느 책 속에서, 그때 성지곡 산등성이에서 그 여학생들과 찍은 사진이 나와 감회가 새로웠고 나는 그런 이야기들을 그에게 들려주자, 그는 상기된 얼굴로 그때를 회상하는 듯 한동안 숙연해지다가, 어려웠던 시절이었지만 그때가 좋았다며 긴 숨을 내쉬었다. 그러고는 자기는 그 후 군대에 갔다 와서 어느 회사에 취직을 하였고 결혼을 해서 잘살고 있다는 것이었다. 그렇게 서로 오랫동안 이야기를 나누다가 내가 예쁘고 튼튼한 강아지 두 마리를 저렴하게 주자, 무척 좋아하며 자주 연락을 하겠다는 말을 남기고 그가 떠났다.

그 후 두 달쯤 지났을까? 강아지를 잘 키웠는지 구경시킨다며 그가 한번 왔었고 그 뒤로는 강아지가 아무 탈 없이 잘 자라는지 연락이 없었다. 그러던 어느 날, 그의 부인이라며 전화가 왔다. 요키 두 놈 중 한 마리가 짝짓기시킬 때가 되었다는 것이다. 그래서 내가 종견을 가지고 어느 빌라의 그의 집을 찾아가자, 부인이 나를 깍듯이 맞이해 주었고 그는 보이지 않았다. 그러나 이틀 후에 다시 갔을 때는 일요일이라 집에 있다면서 친구가 문을 열어주어 무척 반가웠고 그때같이 왔던 초등학생도 있었다.

그러고 나서 한참을 지났을 때였다. 어느 남자 손님이 자기 집 요키가 발정이 왔다며 같이 가서 짝짓기를 시켜 달라고 해서, 그 남자 손님을 태우고 그의 집으로 같이 갔더니 공교롭게도 그 집이 친구 집 바로 옆에 있는 빌라였다. 짝짓기가 끝난 후, 내가 옆 빌라에도 요키를 키우는 집이 있다며 친구 집을 가리키자, 그는 나에게 잘 아는 사람이냐고 물으며 친구에 관한 이야기를 조심스레 끄집어내었다.

몇 년 전이었다고 한다. 친구 가족이 이사 온 지가 2년이나 되었는데도, 친구는 늦은 밤이나 이른 새벽에만 간혹 드나들므로 이를 이상히 여긴 이웃사람 중 누군가가 경찰서에 신고하여, 경찰서에서 조사해 보니 그가 스님으로 판명이나 해프닝으로 끝났다는 것이었다. 나는 그 이야기를 듣는 순간 허탈했지만 단지 친구의 말을 믿고 싶었다.

그런데 1986년 어느 봄날, 내가 연산동에 있는 자동차 서비스센터에 승용차 점검을 하기 위하여 차를 세우자, 마침 내 옆에서 승복을 입고 자기 승용차를 유심히 살피고 있던 스님과 눈이 마주쳤다. 그는 뜻밖에도 친구였고 그도 나를 보고는 깜짝 놀라는 것이었다. 그러고는 그는 자기가 잘 아는 보살님이 절을 지어 자기는 그 절에 주지로 있으면서, 어쩔 수 없이 힘들게 살아간다며 그때야 자신의 처지를 털어놓는 것이었다.

내가 그를 처음 만났을 때 작은 스님으로 그 후로는 주지 스님으로 만나 분명히 스님이 맞는데, 그는 왜 스님으로 알려지는 것을 두려워하는 걸까? 내가 그에게 너무 일찍 속세의 물을 들여놓았기 때문일까? 세상 시름을 다 안고 이해하고 보듬어 줄 수 있는 넓은 마음을 가진 사람이 스님이 아니던가? 이유야 어떻든 그는 내가 사춘기 시절 스님으로 만났으니 언제까지나 내 마음속에 스님으로 남을 것이다.

🐾 눈 오는 날의 출장 짝짓기

애완견 종견 중에서 치와와 종견이 체력이 가장 약하다. 우선 털이 짧은 단모 치와와 종견은 추위를 많이 타는데다 크기도 작고 식성도 좋은 편이 아니다. 그래서 가련하게 보이는지도 모른다.

체력은 짝짓기할 때 제일 많이 소모되는 것 같다. 컨디션이 좋지 않을 때나 불리한 여건 속에서 짝짓기를 시키면 그 증상은 눈에서 먼저 나타난다. 나이가 조금 된 놈은 어떤 때 그 다음 날 보면 눈을 크게 뜨지 못하고 찡그리며 눈물을 많이 흘리기도 하고 흔하지는 않지만, 경우에 따라서는 눈이 큰 놈은 눈동자 안에 있는 핏줄이 터져서 안타깝게도 실명이 되기도 한다. 환경이 다른 곳으로 옮겨 다녀야 하는 출장 짝짓기도 그 원인 중의 하나로 볼 수 있다. 애견센터에 치와와 강아지가 귀한 것도 치와와는 관리가 그만큼 힘들기 때문이다.

1987년 2월 어느 날, 어느 부인으로부터 한 통의 전화를 받았다. 치와와 샌디와 출장 짝짓기를 시켜달라는 것이었다. 위치를 물었더니 뜻밖에도 진주라는 것이 아닌가. 나는 깜짝 놀라 멀리 진주에서 어떻게 우리 애견센터와 샌디를 알았느냐고 하자, 어느 애견 책자를 보고 알게 되었다는 것이다. 샌디는 색상이 Black/Tan으로 몸길이가 한 뼘 남짓밖에 되지 않는데도 몸매가 야무지고 단단하여 그 또래 중에서 가장 씩씩한 놈으로 1985년도에 한국 챔피언을 획득하였다.

하지만 겨울인데다 거리가 너무 멀고 치와와는 추위를 이겨내지 못하고 죽는 수가 많아 장거리 출장 짝짓기는 자신이 없어, 사정을 이야기하고 가까운 곳에서 시키던지 가져오라고 하자, 당장 가져갈 사람이 없고 수수료를 넉넉히 줄 테니 꼭 한번 와서 시켜달라고 통사정을 하는 것이었다. 사실 겨울철에는 비수기라서 대부분 애완견의 관리와 가끔 찾아오는 단골손님들과의 대화로 소일을 하던 터라, 넉넉한 수수료에 마음이 흔들려 좀 무리가 가더라도 가기로 결심하였다. 상태를 물었더니 열하루 되었다는 것이다. 그렇다면 적기여서 내일 가겠다고 약속을 하고는 위치와 전화번호를 적었다.

다음 날 아침, 작은 운반용 나무통에 방석을 깔고 샌디를 넣어 앞좌석 조수석 밑에다 놓고 내가 직접 승용차를 몰고 진주를 가게 되었는데, 그날 따라 날씨가 흐리고 금방이라도 눈이 내릴 것 같이 을씨년스러웠다. 그런데 마산에 들어서자 눈발이 흩날리기 시작하여 걱정이 되었다. 눈 오는 날에 운전을 해본 경험이 없어 속도를 조금 줄였다. 이런저런 생각을 하고 가는데 드디어 진주가 가까워져 오자 함박눈으로 변하여 펑펑 내리기 시작하였다. 나는 조심스럽게 운전을 하여 진주 시내로 들어갔다. 어느 가게 앞에 차를 세우고 길을 물었더니 그 집은 그곳에서 조금 떨어진 곳이었다.

그렇게 해서 가까스로 그 집에 도착하자, 전화를 하였다는 중년 부인과 남편 그리고 부인의 친구라는 다른 한 분이 나를 반갑게 맞이해 주었다. 잠시 후 그 집 방안에 들어섰을 때, 나는 얼른 샌디를 끄집어 내어 상태를 살펴보고는 따뜻한 아랫목에 안정을 시키고 짝짓기를 시킬 암놈을 살펴보았다. 몸집은 제법 크나 품종은 그런대로 괜찮았고 부위도 짝짓기 적기였다.

나는 부인에게 샌디가 추위에 장시간 차를 타고 왔기에 한두 시간 정도 몸을 녹이고 안정을 찾은 후에 짝짓기를 시키자고 하였다. 그 말을 들은 부인은 기다리는 동안에 찬은 별로 없지만 준비한 점심이나 같이 하자고 하여, 다 같이 식사를 하는 동안 부인은 샌디와 자기 치와와에 대한 자랑을 잔뜩 늘어놓았다. 그러고 나서 서로 이런저런 이야기를 하다 보니 시간이 제법 지나 부인에게 암놈을 꼭 잡게 하고 짝짓기를 시키자, 샌디가 마다하지 않고 짝짓기를 하는 것이 아닌가. 어찌나 기특한지…….

짝짓기를 시킨 후 그 집 사람들의 배웅을 받으며 밖으로 나왔을 때는 눈이 제법 쌓여있어 다시 걱정이 되었지만, 무사히 부산에 도착하였을 때는 어느새 밤이 깊어 있었다. 그 눈이 행운인지 그 후 샌디는 건강에 이상이 없었고, 새끼가 안 되었을까 봐 걱정하는 내 마음을 알아서인지, 2개월이 넘어서 부인으로부터 아비 닮은 예쁜 강아지 세 마리를 낳았다는 연락을 받았다.

나는 그 순간 얼마나 보람을 느꼈는지 모른다. 경사스러운 날! 눈이 오면 축복을 받는다는 말이 있지 않은가? 아마도 샌디의 결혼 날에 그것도 함박눈이 펑펑 쏟아졌으니 그런 좋은 결과가 있었다고 지금도 나는 믿고 있다.

🐾 줄행랑

    자기가 키우는 애견이 도망을 간다면 평소 불만이 있거나, 당시 상황이 몹시 불안할 때 일어나는 현상이 아니겠는가. 1993년 여름 어느 날, 40대 후반의 남자분이 입고 있는 점퍼 속에 애견을 넣어서 왔다. 점퍼 속에서 얼굴만 내밀고 있는 모습을 보니 요크셔테리어 잡종이었다.

    용건을 묻자, 소문을 듣고 요크셔테리어 한국 챔피언 '샤론'과 짝짓기를 시키러 왔다기에 '샤론'을 보여주었더니 흡족해하였다. 하지만 어린 작은 강아지는 품속에 넣어서 다니지만, 짝짓기를 시키는 애견들은 대부분 애견의 운반용 통이나 바구니 또는 베로 만든 애견 집에 넣어서 오는데, 다 큰 어미를 품속에 넣어 와서 좀 어색하였다.

    그날도 하도 날씨가 더워 선풍기를 틀어 놓고 있었다. 그런데 가만히 보니 그놈은 품속에서 내려놓았을 때 놀래서 밖으로 도망을 칠 수도 있을 것 같았다. 그래서 내가 열려있는 출입문을 닫고 짝짓기를 시키자고 하자, 그분은 자기의 애견은 착할 뿐 아니라 날이 너무 더우니 한사코 열어놓자고 하여 할 수 없이 문을 열어놓고 짝짓기를 시키게 되었다.

아니나 다를까, 주인이 그놈을 품속에서 내려놓는 순간 그놈은 쏜살같이 출입문을 빠져나가 수많은 차들이 다니는 8차선 대로를 가로질러 달리는 것이었다. 마침 그곳을 지나던 사람들이 그 광경을 보고는 그놈 쪽을 향하여 고함을 치면서 위험신호를 보내자, 차들도 그놈을 발견하고 속력을 낮추어 천천히 달려주는 바람에, 그놈은 차도를 가까스로 빠져나가 반대편 인도 쪽에서 어디론가 달려가고 있었다.

나는 급히 종견을 제자리에 갖다놓고 애견 주인과 같이 그놈을 뒤쫓았다. 그러나 신호등에 빨간 불이 켜져 있어 발을 동동 굴리다가 겨우 파란불이 켜졌을 때, 그놈이 도망간 쪽으로 쫓아가서 무려 2시간 동안이나 그 동네 일대를 다 찾아 헤매었으나, 끝내 그놈의 모습은 볼수가 없었다. 한참 후 허탈한 모습으로 애견센터에 돌아온 주인은

"내가 그놈을 믿었는데 집에서와 밖에서의 행동이 너무나 틀리네요."

"그럴 줄 알았으면 선생님의 말씀을 들었을 것을……. 다 제 불찰이지요!" 그러고는 기어이 눈물을 보이는 것이었다.

    날씨가 더워도 남의 집을 방문할 때는 예의상 상의를 입어야 한다는 집사람의 말을 건성으로 들었다.

    1990년 봄, 당리동에서 대대적인 번식을 하면서 몇 년 전부터 우리 애견센터에 자주 드나드는 B 여사가 하루는 김해로 이사를 왔다는 남편의 친구 부인을 데리고 왔다. 부인은 자기 집에 가까운 시일에 발정이 올 요키가 있어, 종견도 보고 구경도 할 겸 왔다고 했다.

    여사가 사는 당리동은 도심에서 좀 떨어진 변두리에 있다. 여사의 집은 나지막한 산기슭에 있는데, 집 뒤로는 밭으로 일구어져 있고 시숙이라는 분이 부근에서 염소를 키우고 있지만, 여사의 권유로 번식을 해 보겠다며 애견 몇 마리도 키우고 있었다.

    여사의 집은 조금 호젓해서인지 아니면 동네 인심이 좋아서인지는 몰라도 집 구석구석이 개들로 가득 차 있었다. 번식견으로는 포메라니안, 말티즈, 요크셔테리어가 대부분으로 포메와 요키는 우리 애견센터에서 짝짓기를 시키고 말티즈는 자기 집에 있는 수놈 종견을 많이 이용하였다. 강아지가 나오면 내가 차를 가지고 여사 집으로 가서 가져오던지 애견센터에 손님이 필요한 강아지가 없을 때 내가 전화를 하였다. 강아지가 있으면 차로 40~50분 거리인데도 마다하지 않고 항상 여사가 애견센터로 가져왔다. 여사는 40대 중반으로 얼굴이 수수하게 생겼고 키가 자그마하면서 심성이 너무나 착했다.

여사와 부인이 다녀간 지 두 달쯤 지난여름 어느 날, 부인으로부터 전화가 왔다. 요키가 발정이 와서 짝짓기를 시킬 때가 되었지만, 길이 멀어 가져가기가 무엇하니 지난번에 점 찍어 놓은 종견을 가져와서 짝짓기를 시켜 달라는 것이었다. 김해에서 부대 쪽으로 더 와야 한다기에 김해가 고향인 집사람과 같이 한국 챔피언 '샤론'을 승용차에 싣고 부인의 집으로 달렸다.

김해에 도착하여 길을 물어 부인의 집에 도착하자, 부인이 집 앞에서 우리를 반갑게 맞이해 주었고, 싱그러운 풀 내음과 흙 내음, 매미소리에 주위를 돌아보니 나무들은 푸르고 밭에는 갖가지 채소들로 가득 차 있어 나는 오랜만에 시골의 정취에 흠뻑 젖었다.

상쾌한 마음으로 집에 들어가 요키 암놈을 살펴보니 짝짓기 시기가 적기였다. 짝짓기는 안방에서 시키게 되었다. 평소 짝짓기시킬 때 양복이나 점퍼 등 상의를 입고 있으면 불편하여 벗어 놓고 편안하게 시켰었다. 그날도 입고 간 점퍼를 방에 걸어두고 짝짓기를 시키고 마침 점심시간이라 나와 집사람은 새로 지어준 점심까지 대접을 받았다. 부인은 B 여사가 암놈 다섯 마리만 키우면 부업이 된다고 하던데, 사실이냐고 물으며 새끼를 낳으면 암놈은 다 키울 것이라고 포부가 대단하였다.

이런저런 이야기를 하다가 부인의 배웅을 받으며 다시 돌아오게 되었다. 애견센터에 가까웠을 때 집사람이 나에게 왜 상의를 입지 않느냐고 물었다. 나는 그때야 깜빡 잊고 상의를 입고 오지 않은 것을 알았다. 애견센터에 도착하여 부랴부랴 전화를 하였으나 받지 않았다. 나중에 다시 전화를 한다는 것이 다른 일로 잊고 말았다.

그런데 오후 7시쯤, 전화벨 소리가 요란하게 울렸다. 전화를 받아보니 부인이었다. 울음 섞인 목소리로 직장에 간 자기 남편이 퇴근하여 집에 왔는데, 안방에 남자 점퍼가 걸려 있는 것을 보고, 낮에 어떤 놈을 불러들여 놀아났느냐고 고함을 지르고 야단을 쳐서 지금 집이 전쟁 상태라는 것이다.

큰일이었다. 급히 집사람을 불러 집사람과 같이 김해로 달렸다. 부인의 집에 들어서자 남편이 곧 주먹으로 내려칠 것 같은 기색으로 나를 노려보고 있었다. 방으로 들어가 집사람이 그에게 한참이나 자초지종을 이야기하사 그내야 그는 겨우 이해하고 사태가 수습되었다. 낮에 나 혼자 갔더라면 큰일 날 뻔했었다.

그 후 3개월이 조금 더 지난 초가을 그 부부가 케이크를 들고 애견센터에 나타났다. 또 바구니에는 예쁜 요키 강아지 세 마리가 담겨 있었다. 남편이 말했다.

"이렇게 예쁜 강아지를 갖게 해 주어서 고맙습니다. 정말 그때는 미안했습니다."라고…….

나는 그 순간 가슴이 뭉클하면서 함부로 상의를 벗어서는 안 되겠다는 것을 새삼 느꼈다.

🐾 직업

직업에는 귀천이 없다고 한다. 하지만 직업을 잘못 말하였을 때 난처할 때가 있다.

1978년 늦은 봄, 서면에서 성형외과를 운영하는 P 원장으로부터 전화가 왔다. 애견센터를 돌보느라 고생이 많으니 저녁을 한턱 사겠다는 것이다. 원장과 나는 애견을 통해서 알게 되었지만, 그 후 아주 가깝게 지내는 사이였다.

그날 저녁 원장은 친구 의사와 같이 나왔다. 우리 세 명은 서면에서 저녁 식사를 하고 2차로 원장이 안내하는 어느 멋진 룸살롱에서 술을 한잔하게 되었다. 그때 원장은 동석한 아가씨들에게 나를 같은 성형외과 의사라고 소개하여 아가씨들로부터 환심을 크게 샀고, 출장밴드까지 불러 여흥을 즐기면서 통금 시간이 가깝도록까지 술을 마시며 그동안 쌓인 스트레스를 풀었다.

그런데 며칠 후 일이 벌어졌다. 그날 저녁 J 군이 외박을 하고 집에 들어오지 않았다. 할 수 없이 다음 날 이른 새벽 내가 자전거를 타고 잔반을 가지러 갔다. 지난번 J 군이 쉬던 날, 자전거 타기에 익숙하지 못하여 넘어지는 바람에 잔반을 길에다 쏟아부은 일이 있어 이번에는 무척 신경이 쓰였다.

드디어 계약되어있는 서면의 어느 중국집 앞에 자전거를 세우고는 잔반 통에서 가져간 빈 통에다 잔반을 옮기고 있었다. 그때 "성형외과 원장님 아니세요?"라는 소리가 들려 뒤를 돌아다보니 뜻밖에도 지난번 룸살롱에서 만난 아가씨들이 아닌가.

얼마나 무안한지……. 엉겁결에 "강아지에게 줄 먹이를 싣고 있지."라고 답하였으나, 의사라고 소개한 원장이 왠지 원망스러웠다.

7장

🐾 포인터 짝짓기시키던 날

앞서 언급하였듯이 개의 수놈은 늙고 병들지 않는 한 항상 짝짓기가 가능하지만 암놈은 우선 발정이 와야 하고 그 시기도 맞아야 한다. 또 적기라고 하더라도 어떤 놈들은 그 수놈에게 거부 반응을 보이기도 한다. 어디 그뿐인가. 크기나 체격이 달라 뜻을 이루지 못하는 수도 있고 경험이 부족하여 짝짓기가 서투른 수놈들도 있다.

짝짓기는 그놈들 스스로 하는 것이 제일 이상적이지만, 그러기에는 장소와 시간이 많이 필요하고 여러 사정으로 애견을 전문으로 하는 사람들은 부득이 사람이 거들어 주거나, 아예 강제로 짝짓기를 시키는 수가 많다. 그러나 짝짓기를 시키는 것도 기술과 요령이 있어야 한다.

1982년 여름, 석대동에서 애견을 번식하는 E 사장의 전화를 받았다. 지방에서 포인터 짝짓기를 시키러 왔는데, 종견 '조이'와 짝짓기를 시도 한지가 3시간이 넘었는데도 못 시키고 있으니 내가 거기 와서 시켜 봐 달라는 것이었다. 그의 번식장에는 대부분 대형견으로, 보르조이 등 특수견을 많이 수입하였다. 나와는 강아지를 거래하면서 친해졌고 '조이'라는 포인터는 외국에서 새로 수입하였다고 자랑하던 사냥 개였다.

　그의 간곡한 부탁에 못 이겨 나는 업무를 접어두고 급히 석태로 달려갔다. 예측한 대로 암놈, 수놈 할 것 없이 모두 다 지쳐서 힘없이 쌕쌕거리고 있었다. 우선 햇볕이 따가워 시원한 그늘로 데리고 가서 수놈을 살펴보았다. 그것이 단단하고 끝이 쪼뼛해야 하는데, 무리하게 시도하다 보니 무르고 끝이 꽈리처럼 부풀어 있지 않은가. 개는 발기가 되면서 바로 사정을 시작하고 여러 번 사정하는데, 확실하게 삽입되지 않은 상태에서 여러 번 발기를 시켜 짝짓기가 불가능하였다.

　나는 응급조치로 두 놈에게 찬물을 먹이고 E 사장에게 수놈의 몸통을 잡게 하였다. 그러고는 그것을 주머니에 넣은 상태로 꽈리처럼 부풀은 부분을 마사지를 시키고 뾰족해지게끔 하기 위해, 두 놈을 서로 먼 곳으로 분리시켜 넉넉잡아 두 시간 정도의 휴식을 취하게 하였다. 그런 다음 나는 그와 지방에서 온 암놈 주인과 같이, 애견에 대한 이런저런 이야기로 시간을 보내다가 2시간쯤 지났을 때 수놈 상태를 살펴보았다.

　제법 시간이 흘러서일까? 그것이 어느 정도 정상상태로 돌아와 있어 내가 다시 짝짓기를 시도하자 수놈은 적극성을 띠기 시작하는데, 좀처럼 짝짓기가 이루어지지 않았다. 나의 마음은 차츰 불안하기 시작하였다. 하지만 내색을 하지 않고 다시 두 놈을 떨어져 있게 한 다음 암놈 부위를 잘 살펴보니 아직 숫처녀인데다 거기가 다른 놈들보다 약간 기형적으로 생겨있었다.

원인을 찾아낸 후, 다시 암놈 주인에게 머리를 꼭 잡게 하고 내가 한쪽 팔로 암놈 뒷부분을 받쳐준 다음, 사장에게 수놈을 가져오게 하여 짝짓기를 시키자 두 번 만에 성공하는 것이 아닌가. 그러자 E 사장, 암놈 주인, 또 거기에서 구경하던 사람들까지 일제히 환호성을 지르며 크게 손뼉을 치는 것이었다. 그리고 E 사장이 말했다.

"내가 평소 박 사장의 짝짓기 솜씨를 믿고 오늘 어려운 짝짓기에 초청하였는데, 과연 짝짓기 솜씨가 보통이 아닙니다."

"오늘부로 박 사장을 짝짓기 박사로 칭합니다."

그 일이 있고 난 후, 소문이 퍼져 나가 나는 짝짓기 박사로 통하게 되었고 어려운 짝짓기에는 대부분 초청되어 짝짓기를 성사시켜 주었다.

그 후 '조이'와 짝짓기를 시킨 암놈은 여러 마리의 새끼를 낳았다고 E 사장이 전해왔다.

자부심

세상 사람들은 자기가 하는 일에 대해서 최고가 되기 위해 최선의 노력을 하고 있을 것이다. 기업인들은 원대한 꿈을 가지고 세계에서 인정받고 싶을 것이고, 작은 가게 주인은 나름대로 열심히 해서 그 업계에서 인정받고 싶을 것이다.

운명이라고 할까? 어쨌든 종견사라는 상호로 애견센터를 운영할 때가 내 인생에서 가장 역동적으로 살아온 것 같다. 처음에는 수의사에게 3년 만하고 물려준다고 했고, 주위 사람들의 눈에는 어이없어 보이기도 해 얼마나 갈지를 걱정해주는 이들도 많았다. 쉽게들 말하지 않는가? 장사는 아무나 하나!

지금 생각해보면 차라리 아무것도 모르고 덤벼들었던 것이 나에게는 행운이었는지도 모르지만 나에게도 장벽은 있었다. 처음에는 "어서 오십시오."라는 말조차 나오지 않아 손님이 들어오면 뒷걸음질을 치며 "어떻게 오셨습니까?"라고 인사를 하기도 했고, 때로는 무슨 말을 어떻게 먼저 끄집어내어야 할지를 몰라 멀뚱히 바라만 보기도 했다.

내가 종견사를 인수한 후 견사 호를 '하우스 선라이즈'로 등록하고 열심히 하면서 하루하루가 지나자, 우리 애견센터를 믿고 찾아오는 사람들이 늘어나게 되었다. 그러자 나는 우수한 종견의 필요성을 더욱 느끼기 시작했다. 그래서 포메라니안 종견 픽스가 1984년도 본·지부 연합 챔피언 전에서 챔피언을 획득한 것을 계기로 나는 어떤 전람회든 그냥 넘기지 않고 다 참가하기로 마음 먹었다.

그로부터 치와와 종견 샌디가 85 부산 챔피언 전 챔피언, 요크셔테리어 종견 샤론이 86 대구 챔피언 전 챔피언, 토이푸들 종견 미미가 87 춘계 우수견 선발전 챔피언, 그해 한국 챔피언 전 챔피언으로 2회 연속 챔피언을 획득하였다.

토이푸들 미미는 그 후 계속해서 88 한국 극동 챔피온 전 챔피언(BIS, 전 견종 최우수견), 88 챔피언결정전 챔피언(최우수견), 한국 통합 챔피언 전 챔피언으로 3회 연속 챔피언 및 전 견종 최우수견으로 선정되어 전국을 석권하는 쾌거를 낳았다.

그 당시 나는 전국 어디에서 전람회가 개최된다면 참가해야 하는 강박감에 사로잡혀있었던 것 같다. 쓸 만한 종견이 있다는 소문을 들으면 어디에든 찾아가 살펴보고 마음에 들면 구입하였다. 그럴 때는 옆에서 지켜보던 집사람과 자주 다툼이 생기기도 하였다. 그렇게 하여 나와 인연이 된 종견들은 다시 많은 정성을 들여 여러 사람들에게 자랑하게 되었다. 지금은 죽어 내 곁에 없지만, 누구만 챔피언이라고 떠들어 대면 소개하지 못한 놈들이 섭섭하게 생각할까 봐 한 놈 한 놈의 활약을 다 쏟아 놓을까 한다.

치와와 종견 바니가 88 한국 극동 챔피언 전 챔피언, 포메라니안 종견 코리가 88 대구 챔피언 전 챔피언, 요크셔테리어 미나가 88 한국 통합 챔피언 전 챔피언을 획득하였다. 특히 털이 부드럽고 아름다워 환상적인 자태에다 온화한 성품, 유연한 걸음걸이가 다른 견들을 압도한 토이푸들 미미는, 89년도에도 한국 연합 챔피언 전 등에서 챔피언을 획득하여 8회 연속 전국 챔피언, 3개 협회 본·지부 전 타이틀 획득(한국애완동물보호협회, 한국애견협회, 한국축견연합회)이라는 대기록을 수립하였다.

이어서 치와와 린나가 89 한국 연합챔피언 전 챔피언을 획득하였고 치와와 종견 도비와 벤이 대망의 89 아시아 챔피언 전 챔피언(전 견종 BOB), 유견 조 챔피언을 획득하여 전국을 깜짝 놀라게 했다.

90년에는 치와와 종견 벤이 한국 특별 챔피언 전 챔피언이 되고 91년에는 엘모가 91 FCI 아시아 국제 축견 전람회 챔피언, 요크셔테리어 리자가 한국 애완견 특별전 챔피언, 부산 국제 축견전 챔피언을 획득하여 종견사가 아무도 넘볼 수 없는 전국 챔피언의 집이 되었다.

그러나 지금은 그렇게 사랑하던 애견들과 멀어졌지만, 꿈속에서 그놈들을 만나며 또 한 번씩 그놈들을 떠올리며 한 줄 한 줄 이어나갈 수 있는 순간들의 행복은 그놈들이 있었기 때문이 아닐까? 이 글을 쓰는 지금, 나는 새삼 그 당시 혈기방장血氣方壯했던 젊은 피가 솟구치는 힘을 느끼면서 작은 그릇이지만 그때의 부와 자부심 속으로 상상의 나래를 편다.

🐺 늑대 새끼

늑대는 우리나라에서는 이미 멸종되어 동물원이나 TV에서나 볼 수 있는 동물이다. 그런데 늑대 새끼를 잡아 왔다니 놀라지 않을 수 없었다.

1983년 여름, 방금 소나기라도 쏟아질 것만 같은 후덥지근한 어느 날 오후였다. 작업복 차림의 40대 초반의 남자 두 분이 자루를 들고 애견센터로 급히 들어왔다. 그들은 상기된 얼굴로 자루를 펴면서 자기들은 뱀을 잡는 땅꾼들인데, 태백산 중턱 가까이에 갔을 때 늑대 새끼 세 마리가 바위 밑에 웅크리고 있어 잡아왔다는 것이었다.

나는 그들에게 새끼를 끄집어내게 하여 자세히 살펴보았다. 그놈들은 모두 거무스름하면서 황갈색으로 입가에는 검은 마스크를 쓰고 털은 강아지보다 좀 거칠었다. 하지만 멸종된 것으로 알려진 늑대가 태백산에 새끼를 낳았다니 나는 도저히 그들의 말이 믿어지지가 않았다. 그런데다 늑대 새끼를 직접 본 일은 없지만 생긴 모습이 아무래도 강아지 같았다.

그러나 그들이 늑대가 살 리 없는 태백산 중턱에서 잡아왔다고 우겨

대니 그것이 사실이라면 보통 일이 아니었다. 만약 우리나라 태백산에 늑대가 서식하는 것이 확인되면 당장 매스컴에서 대서특필할 것이 아닌가. 생각이 여기까지 미치자 나는 무척 긴장되었다. 생각 끝에 그놈들을 감정을 받아보기로 하였다. 그래서 동래에 있는 동물원에 이 사실을 알리고 그들과 같이 갔다.

동물원에서는 신기한 듯 한참 동안을 살펴보고는, 육안으로 보아서는 늑대 새끼인지 잘 모르겠다며 맡겨놓고 가면 관계 전문가에게 감정을 의뢰하여 며칠 후 연락을 주겠다는 것이었다. 그런데 그놈들을 맡겨놓고 돌아가선 며칠이 그리 먼 날도 아닌데, 조급증이 난 그분들의 전화가 계속 오고 나 역시 결과가 무척이나 기다려졌다. 혹시 늑대 새끼가 맞았으면 좋겠다는 생각까지 들었다.

드디어 며칠 후에 연락이 왔다. 안타깝게도 그놈들은 늑대 새끼가 아니고 들개 새끼인 것 같다는 것이 아닌가. 그분들의 말이 사실이라면 마을에 살던 개가 산속에 들어가 살면서 새끼를 낳은 것 같다고 하였다. 그렇게 해서 그 사건은 한바탕 해프닝으로 끝이 나버렸다.

그 후 많은 세월이 흘렀지만 나는 아직도 간혹 그때 일을 떠올리며 쓴웃음을 짓기도 한다.

🐕 운전면허시험

현대사회에서 차는 없어서는 안 될 필수품이라 할 수 있다. 이는 요즘 젊은이 중에 자기 집은 없어도 차는 있어야 한다는 생각을 가지는 이들이 많다는 것만 보아도 차가 더 이상 사치품이 아님을 알 수 있다. 그런데 그 차를 아무나 모는 것이 아니다. 당연히 운전면허가 있어야 하고 그 운전면허는 시험을 쳐서 자격을 취득해야 한다.

오래전 나의 운전면허시험 때의 일이다. 80년 중반이 되자 단골손님도 늘어나고 털이 긴 애완견의 거래가 활발해졌다. 그래서인지 운반이며 짝짓기가 많아지자, 손님들은 그 전과 다르게 자기 집에서 서비스받기를 원하여 나는 생각 끝에 차를 구입하기로 마음을 정하였다. 차를 몰려면 우선 운전면허를 취득해야 하겠기에 범일동에 있는 B 운전학원을 찾았다. 차를 모는 데는 여러모로 편리한 보통 1종이 무난할 것 같아 1톤 트럭으로 하루에 한 시간씩 한 달간 교습을 받기로 하였다.

나는 학원에서 운전대를 잡는 순간부터 손은 떨리고 가슴은 뛰기 시작했다. 그것은 내가 승용차를 사서 직접 운전을 하면 영업에도 도움을 주고 가족과 함께 나들이도 다닐 수 있어 상상만 해도 즐거운 일이지만, 한편으로는 운전의 두려움 때문이었다. 그런 이유로 기를 쓰고 배운 덕분에 교습이 끝나고 운전면허시험을 보게 되었다. 감전동에 있는 북부면허시험장이었다. 시험은 학과, 코스, 주행 세 가지로 먼저 학과시험을 보았다. 서점에서 구입한 문제풀이로 공부하였는데도 단번에 합격하였다. 다음 정해진 날짜에는 코스시험으로 T자, S자 코스 등이라 걱정이 되었으나, 이 역시 한 번 만에 합격하여 무척 기뻤다.

그러나 마지막 주행시험에서 문제가 생겼다. 달리던 차를 언덕길 차선에 정지시키고 기어변속 후 뒤로 밀리지 않고 다시 앞으로 가는 것으로 두 번을 연속 불합격하였다. 지금은 기어가 자동이라 뒤로 밀릴 이유가 없겠지만, 그때는 모두 수동이었기 때문이다. 세 번째 시험을 보는 날이었다. 앞서 두 번의 실패 경험에다 내 나름대로 연습도 많이 해서 자신감을 가지고 마음을 가다듬었다. 보통 1종은 1톤 트럭으로 시험을 보는데 출발선에서부터 시험관이 동승한다. 주행은 3단계로 기억하는데 주어진 시간에 통과하여야 한다. 그래서 합격이면 차위에 부착된 경광등에 녹색, 불합격이면 적색 등을 켜서 누구나 볼 수 있게 뱅뱅 돌리면서 출발선으로 들어왔다.

드디어 내 차례가 되었다. 지시에 따라 서서히 달리기 시작했다. 1단계는 무사히 통과하고 2단계인 언덕길 차선에 차를 세웠다. 너무 긴장한 탓일까? 정신이 혼미해졌다. 앞으로 전진하기 위해 기어를 힘껏 당겼다. 우지직 소리를 내며 무엇이 손에 잡혔다. 자세히 보니 기어 반대편에 부착되어있는 콤비 스위치가 아닌가. 왼손잡이인 내가 기어로 착각하고 힘껏 잡아당겼던 것이다.

"이 사람 큰일 낼 사람이네, 차를 부수러 작정하고 왔지요?" 엄하게 생긴 시험관의 불호령이 떨어졌다. 당장 자리를 교체하여 시험관이 차를 몰고 가면서 계속 화를 내길래 무조건 싹싹 빌었다.

잠시 후 본부석으로 나를 데리고 갔다. 그리고는 어디엔가 전화를 한참 하더니 콤비 스위치값으로 만 오천 원을 내고 가란다. 호주머니에 있는 지갑을 살폈으나 몇천 원뿐이었다. 하는 수 없이 주민등록증을 맡겨놓고 3일 후에 찾았다. 집으로 오면서 운전을 하는 사람들이 한없이 부러웠고 쉽게 생각하고 시험에 응한 나 자신이 부끄러웠다. 그 후 네 번째 시험에서 합격하였는데 그날이 1985년 6월 28일이다. 그런데 실제로 차를 몰면서 그 실수가 나에게 많은 도움을 주었다. 언덕길은 자신이 있고 기어를 만질 때마다 조심하게 되어 운전을 신중하게 하는 습관이 생겨나, 안전하게 운전을 할 수 있게 되었다.

운전면허시험에 여러 번 떨어진 사람들에게 이야기하고 싶다. 많이 떨어져 봐야 더욱 성숙된 운전을 할 수 있다고…….

생生과 사死의 갈림길

인명은 재천이라고 한다. 사고 차량을 본 사람들은 차 안에 있던 사람은 죽었을 것이라고 믿었을 것이다. 그런 사람을 하늘이 살려 준 것을 보면 아직까지 나쁜 죄를 짓지 않아서일까? 아니면 앞으로 사회에 봉사를 많이 하라고 빚을 지운 것일까?

그동안 차가 없어 불편을 겪어오던 나는, 1985년 7월에 H 자동차에서 생산한 P 승용차를 구입하여 업무를 보아 오고 있었다. 1989년 4월 어느 날이었다. 애견센터에서 판매하던 사료가 떨어져 김해에 있는 W 사료회사에 사료를 사러 가게 되었다. 그런데 그 이전에 차의 앞 타이어 두 개만 새것으로 교체하였었다. 운전을 할 줄 아는 것 외에는 차에 대한 상식이나 차량 정비 기술은 전혀 없었기 때문이다.

그날 따라 구름이 많이 끼고 마음이 무거워 썩 내키지 않은 기분으로 차를 몰아 만덕 쪽으로 가고 있었다. 터널이 가까워져 오자 왠지 터널 안으로 들어가기가 싫은 느낌이 들어 산세가 좋은 산복 도로로 해서 김해 사료회사에 도착하였다.

나는 구입한 사료를 뒤 트렁크에 가득 채우고 뒷좌석과 앞 조수석에도 실었다. 보통 때 같으면 트렁크와 뒷좌석에만 실었으나, 거리가 먼 김해까지 자주 다니기가 귀찮아 몇 포를 더 샀기 때문이다. 확실치는 않으나 15kg짜리 16포인 것 같다. 사료를 다 싣자 나는 차를 회사의 어느 빈자리에 세워두고, 회사 옆에 있는 시장으로 가서 좀 늦었지만 내가 좋아하는 장터 국수로 점심을 하고 부산으로 돌아오게 되었다.

그런데 차를 몰고 올 때, 사료를 많이 실어서인지 차가 제법 무겁게 느껴지고 운전을 하는 것이 무척 힘이 드는 듯하였다. 예감이 좋지 않아도 그것을 깨닫지 못하고 혼자 쓸쓸히 오는데, 창밖에는 봄비가 부슬부슬 내리고 있어 주위가 더욱 을씨년스러워 보였다. 어느덧 만덕터널 입구까지 왔다. 빨리 결정을 해야만 했다. 어느 길로 가야 할지를…….

처음에는 올 때처럼 산복 도로로 갈까 생각하였으나, 그 길은 경사가 급하여 아무래도 불안하였다. 그때 뇌리를 스치는 무서움 때문인지 차는 이미 터널을 들어서고 있었다. 그때였다. 이상하게도 노면이 울퉁불퉁하면서 차가 뛰는 것 같기도 하고 흔들리는 것 같았다. 내가 터널 내부 공사 때문이 아닐까? 하는 생각을 하고 있는데 뒤에서 영업용 택시가 헤드라이트를 켰다, 끄기를 반복하는 것이었다.

나는 그것이 빨리 가자는 신호인 줄 알고 액셀러레이터를 더 밟아 속력을 내었다. 그러나 액셀러레이터를 발에서 떼는 순간 차가 2차 편도선의 다른 차선으로 가버리는 것이 아닌가. 나는 깜짝 놀라 핸들을

틀어 차의 중심을 잡으려고 하였으나, 이미 핸들은 말을 듣지 않고 소용이 없었다. 순간적으로 나는

'죽기 싫은데 이렇게 죽어야 되는구나!'라고 생각하면서 있는 힘을 다하여 핸들을 꽉 잡았다. 그러는 순간 차는 터널 벽을 들어 받았고 탄력에 의해 다시 튕겨 나와 몇 미터를 더 내동댕이치면서 전복되었다.

나는 정신을 잃었고 얼마 후 아주 시끄러운 소리에 정신이 들었지만 꼼짝할 수가 없었다. 얼굴에서 무엇이 흘러내려 손을 훔치자 이마에서 피가 흐르고 있었다. 그때 누군가가 밖에서 차 문을 부수고 나를 끄집어내었고, 마침 그곳을 지나던 앰뷸런스에 실려 조방 앞 M 병원으로 갔다.

병원에서 응급처치를 한 후 엑스레이 검사를 하고 있을 때, 집사람이 소식을 듣고 놀라 달려왔다. 집사람은 창백한 얼굴로 나를 살펴보고는 머리에 이상이 없어야 한다며 의사에게 최선을 다해달라고 부탁을 하는데 미안한 마음이 들었다. 나는 너무나 큰 충격을 받은 탓인지 이틀간 소변을 보지 못했고 뇌 검사를 위하여 이틀간 금식을 했다. 이렇게 여러 사람들의 도움으로 나는 큰 이상 없이 열흘간 입원을 하고 퇴원하였다.

그런데 입원 중에 나는 많은 새로운 사실을 알았다. 먼저 사고의 원인이 뒤 타이어 펑크였다. 그렇다면 사고 당시 뒤에서 오던 영업용 택시도 아마 그 사실을 알리려고 신호를 보낸 것이 아닐까? 놀라운 것

은 차가 내팽개치는 와중에 가득 실은 사료가 나를 덮치지 않고 밖으로 튕겨 나갔다는 것이다. 그리고 터널 바닥은 터져 나온 사료로 뒤덮이고 뒤에서 오던 차들은 5중 충돌로 TV, 신문 등 매스컴에 보도되었다는 것이다.

더욱 다행한 것은 그 터널이 편도 2차선이었다. 만약 왕복 차선이었다면 앞에서 오는 차와 부딪혀 생사가 어찌 되었을지 모를 일이다. 또 차에서 불이 나지 않은 것도 천만다행이다. 그때 산복 도로로 갔으면 어찌 되었을까? 천길만길 낭떠러지……. 생각만 해도 소름이 끼친다. 아무튼, 그 사고로 차는 폐차처분하였지만 나는 극적으로 위기를 모면했다.

이렇게 하여 다시 얻은 생명을 좀 더 값지고 보람 있게 살아야 하겠기에, 나는 겸손하고 봉사하는 마음으로 살고 있고 앞으로도 그렇게 살아가고 싶다. 그때 사고를 지켜보고 나를 도와준 모든 분께 다시 한번 고마움을 전한다.

진돗개 싸움

개싸움도 유행이 있는 것 같다. 1970년대까지는 도사견이었으나 80년대 핏플테리어를 거쳐 90년대부터는 진돗개 싸움이 성행하기 시작하였다. 진돗개 싸움이라면 서면에서 성형외과를 운영하고 있는 박성영 원장을 빼놓을 수 없다. 원장은 진돗개를 좋아하여 진영에 있는 자기의 젖소농장에 여러 마리의 진돗개를 사육하였으나, 처음에는 싸움개는 없는 것 같았다.

그런데 1990년 여름 어느 날, 대연동에 있는 동명불원 앞에서의 진돗개 싸움에 자기 개도 출전한다며 같이 가자는 전화가 왔다. 그날은 마침 조용한데다 재미가 있을 것 같아 승낙하자 승합차를 가지고 왔다. 차를 타자 뒷자리의 운반용 개장에 진돗개가 들어있었다. 원장이 오늘 출전할 싸움 개라고 소개를 해서 자세히 보았더니 황구였고, 나이가 어려 보이는 데다 어쩐지 연약하게 보여 싸움 개 같지가 않았다.

차로 약 20분을 가서 목적지에 도착하였다. 거기에는 이미 제법 많은 개들이 출전 준비를 하고 있었다. 그로부터 약 30분이 지나자 진행자가 싸움의 규칙을 이야기하고 이름이 나 있는 개는 제일 마지막에 시합을 한다고 안내를 하는 것이었다. 드디어 많은 사람들이 지켜보고 있는 가운데 링 안에서 첫 번째 출전견의 싸움이 시작되었다. 둘 다 좀 어린 황구로 3분쯤 지나자 승패가 갈렸다. 원장 개는 네 번째로 싸움이 시작되었다. 상대방 개 역시 황구로서 제법 골격이 잡혀있었다. 싸움이 격렬해지자 원장은 큰소리로 환호하며 열렬히 응원하였다. 나 역시 원장 개를 응원하였으나 아깝게 지고 말았다. 싸움이 더 남아 있었지만 우리는 그 자리를 떴다. 돌아오는 길에 차 안에서 원장은 훈련을 많이 못 시킨 탓이라며 안타까워했다.

그 후 2년쯤 지난 늦은 여름 어느 날, 원장의 전화를 받았다. 그는 상기된 목소리로 돌아오는 일요일 날 추풍령에서의 진돗개 싸움에 나도 꼭 같이 가야만 된다는 것이었다. 백구 두 마리를 구입하여 오랫동안 훈련을 시켰는데 이름이 창용, 창진이라고 하였다. 원장의 간곡한 부탁을 뿌리칠 수 없어 시합 날 오전 10시경에 원장을 따라나섰다. 병원의 이 과장이 승합차를 몰고 나와 원장이 뒷자리에 앉고, 그 뒤 칸의 운반용 개장에 창용이가 있었다.

고속도로에 들어서자 주말이라서 그런지 차들이 많았다. 가는 도중 원장은 창용이의 체력을 북돋우기 위해 식사로 닭고기에 밤, 대추 등 여러 가지 한약 재료를 섞어 삼계탕 비슷하게 만들어 먹이고 식사 후에는 인삼 달인 물도 같이 주었다는 것이다. 그리고 시합 3개월 전부터는 창용이 등에 모래주머니를 달고 목줄을 오토바이 뒤에 연결하여 매일 왕복 8km를 달리는 훈련을 시켰다는 것이다. 그랬더니 근육이 아주 단단하고 몸매가 역삼각형으로 변해있는데다, 시합을 앞두고 3일 전에 모래주머니를 풀었더니 몸이 가뿐하여 이번에는 승산 있는데 이런 사실을 아무도 모른다며 포부가 대단하였다.

추풍령이 가까워지자 갑자기 비가 내리기 시작하여 걱정이 되었다. 하지만 추풍령 휴게소에 도착하자 그치는 것을 보니 잠시 지나가는 비였다. 우리는 거기서 점심을 먹고 휴게소에서 가까운 헬기장 근처의 시합 장소로 옮겼다. 그곳에는 울창한 숲에서 배어 나오는 싱그러운 냄새가 코를 찔렀다. 모처럼 마시는 신선한 공기에 나는 입으로 숨을 쉬었고 자연의 고마움을 새삼 느꼈다.

그런데 그 부근에 상대방 진돗개가 이미 하루 전날 도착해 있다는 것이다. 원장은 잠시 거기서 머물다 조금 떨어진 아늑한 곳에 차를 세우게 한 후 우리와 같이 텐트를 치고는, 창용이의 줄을 긴 줄로 바꾸어 가까운 나무에 묶어두고, 그 옆에 개장을 열어두고는 휴식을 취하게 하는 것이었다.

시합은 오후 4시경에 시작되었다. 거기에는 많은 사람들이 와 있었으며 상대는 서울에서 온 철제라는 황구였다. 철제는 그 당시 천하무적으로 몇 년째 챔피언 자리를 지키고 있었고, 앞서 원장의 진구가 도

전하였으나 패배를 하여 복수전으로 창용이가 도전장을 내민 것이라고 원장이 알려주었다.

철제는 골격이 단단하면서 덩치가 컸고 창용이는 덩치는 작지만, 몸매가 탱탱하였으나 육안으로 보아도 체격 차이가 크게 났다. 사람들이 웅성거리기 시작하였다. 도저히 창용 이에게 승산이 없다는 것이다. 양쪽 숫자가 비슷해야 하는데 창용이 편에선 사람의 숫자가 턱없이 적어 시합이 지연되고 있었다. 그러다가 가까스로 비슷해졌다. 링안으로 두 마리가 입장하자 심판은 시합 도중 꼬리를 내리고 도망을 가거나, 등을 돌려 싸움을 포기하거나 괴성을 지르거나, 이빨을 깐다든지 하는 등의 행동을 보이면 패로 처리하겠다고 시합 규칙을 알려주었다.

드디어 싸움이 시작되었다. 먼저 철제가 재빠르게 창용이의 귀쪽을 물고 세차게 흔들자 그쪽 편에선 사람들이 환호를 하면서 격렬히 응원하기 시작하였다. 그러나 창용이는 처음에는 당황하는 것 같았으나, 금방 자기 페이스를 찾고는 꼬리를 바싹 치켜들고 서서히 돌면서 충격을 줄이는 것이었다. 키가 작다 보니 상대방의 목과 가슴 쪽을 파고들면서 기회를 노리는 것 같았다. 원장과 나를 비롯한 우리 쪽에서도 창용이 힘내라고 큰 소리로 응원을 해댔다. 그러다 철제의 입아귀가 느슨해지는 것 같았다.

그때를 놓칠세라 창용이가 잽싸게 위기에서 벗어나서 이제는 창용이가 철제의 귀쪽을 힘차게 물고는 흔들면서 상대방을 링 쪽에 세차게 몰아서 처박는 것이었다. 그러자 철제가 이빨을 까는듯하면서 이상한 행동을 보이자, 창용이 쪽 사람들이 규칙을 위반하였으니 철제를 패로 처리해야 한다고 이의를 제기하여 싸움이 1~2분 정도 중단되었으나, 다시 속행으로 결정되어 시합을 하게 되자, 이번에는 철제가 확실하게 이빨을 까면서 서너 발자국을 뒤로 물러서는 것이 아닌가. 오래갈 줄 알았던 시합이 한순간에 싱겁게 끝나 버리는 순간이었다. 시간으로는 약 4분 30초가 지날 때였다. 창용이 편 사람들은 열광을 하고 상대편 사람들은 낭패를 보고 말았다.

드디어 원장은 창용이의 챔피언 등극에 감동의 눈물을 흘렸다. 그렇게 해서 추풍령 진돗개 싸움은 끝이 났고, 원장은 지방에서 올라온 사람들에게 언양에 가서 암소갈비를 양껏 대접하여 우의를 돈독히 했다. 그 후 원장은 다음 해 밀양 진돗개 싸움에 창진이를 출전시켜 우승하였고, 창용이는 천하무적으로 90년대 초부터 수년 동안 진돗개 싸움을 평정하였다.

보이지 않는 운명

정말 운명이라는 것이 있을까? 반문하면서도 가끔은 그것을 믿게 될 때가 있다.

1986년 봄, 애견 센터에서 가까운 곳에 집을 사기로 하여 며칠 동안 보러 다녔으나 마땅한 집이 없어 애를 태우고 있었다. 그런데 마침 애견 센터에서 약 700미터 떨어진 S 맨션 후문 쪽에 집이 나와 있다는 소문을 듣고 가 보았더니 건물은 오래된 단층집이나, 마당이 넓고 나무가 있어 개를 키우기에는 적합할 것 같아 그 집을 사기로 마음을 정했다.

그래서 다음 날 정오에 계약하기로 하고 계약금을 가지고 약속 시간에 갔더니, 그 집 아주머니가 방에서 나오면서 아저씨가 간밤에 야근을 하여 막 잠이 들었는데, 지금은 깨울 수 없으니 오후 2시경에 다시 오라는 것이었다.

하는 수없이 그 집을 나와 애견센터로 다시 갈까 하다가, 어려울 때 집사람이 한 번씩 들르는 철학원이 부전시장 부근이라는 생각에, 지금 사려는 집과 인연이 있는지 한번 알아나 보자고 부전시장 쪽으로 갔다. 근방에서 이리저리 찾다가 마침 'S 철학원'이라는 간판이 눈에 들어와 그냥 들어갔더니 3층 옥탑방이었다.

방에 들어서자 원장으로 보이는 분이 앞에 앉아있고 여자 세 명이 앉아 있었다. 두 명은 원장에게서 좀 떨어져 있고 한 명은 원장과 조그마한 상을 사이에 두고 나지막하게 말을 주고받고 있었다. 그래서 내가 멈칫하는 순간 원장과 눈이 마주치자, 원장이 나를 보고 잠깐 기다리라고 하기에 두 시에 약속이 있어 오래 기다리라면 다음에 오겠다고 하자, 여자 한 분이 지금 보고 있는 사람도 끝날 때가 되었고 이제 볼 사람은 자기 혼자인데, 바쁘면 자기는 선생님 보고 나서 봐도 되니 먼저 보라는 것이었다.

앞에 보던 분이 끝나고 내가 그 원장과 마주 앉자 원장은 안타깝게도 애꾸눈이었다. 원장은 나에게 음력으로 나이, 생일, 생시를 묻고는 종이 위에 한문과 숫자를 잔뜩 쓰더니 나의 사주를 말해 주는데 제법 맞는 것 같았다. 그러고는 특별한 일이 있으면 물어보라고 하여, 나는 집을 사려고 하는데 그 집이 재수가 있겠느냐고 하자, 위치를 묻고는 상 위의 통에 꽂혀있는 상단에 홈이 파여진 가느다란 대나무 막대기 여남은 개를 전부 끄집어내어 비비고는 나를 보고 하나 뽑으라는 것이었다.

그래서 그중 하나를 뽑자 자기 손에 들고 "얏!"하고 기를 넣고는 막대기를 유심히 살피면서 종이에 한자와 숫자를 여러 자 써놓고, 뽑은 막대기를 다시 다른 막대기들과 같이 섞어서 비빈 뒤에 한 번 더 뽑으라고 하였다. 내가 뽑은 막대기를 자기 손에 들고 또 기를 넣고는, 유심히 살피면서 먼저 쓴 한자와 숫자 밑에다 역시 한자와 숫자를 적어놓고 무엇인가를 한참 동안 맞추더니 입을 열기 시작하였다.

"이층집이네, 이층집을 사겠네.", "마당이 너르지요?" 하면서 나를 뚫어지게 바라보는 것이 아닌가. 나는 기가 막혀 "원장님, 오늘 사려는 집은 이층집이 아니고 단층집입니다. 그런데 이층집이라니요?"라고 반문하자 원장은 다시 종이에 쓴 한자와 숫자를 확인하고는 "이층집이 확실해. 만약에 이층집을 안 사면 내 눈을 빼시오."라고 장담하여, 나는 마음속으로 원장은 지금도 눈이 한쪽밖에 없는데 거기다가 눈을 빼면 어쩌자는 것인지 측은한 생각이 들고 오늘 괜히 왔다 싶어 후회가 되었다.

시계를 보니 약속한 시간이 다 되어가기에 황급히 철학원을 빠져나와 사려던 집으로 가는 도중, 그 집으로부터 약 100미터 못 가서 포인터를 키우는 집 앞을 지날 때, 마침 그 집 아주머니가 나를 보고 "아저씨, 오늘 어디를 그렇게 바쁘게 가는 기요?"라고 물어 "저 위에 집을 계약하러 가는 길입니다."라고 하자 아주머니가 딱 달라붙으며

"아저씨, 나무도 많고 마당도 너르고 개 키우기에 아주 좋은 싼 집이 있는데 한번 보고 가는 것이 어떻겠는 기요?"라고 제의하여

"시간이 없으니 그럼 빨리 한번 가 봅시다."라고 하며 그 아주머니를

따라갔다. 아주머니는 공교롭게도 S 맨션 정문 맞은편 어느 집 앞에서 걸음을 멈추었다.

그 집 앞에는 두 갈래의 길이 나 있었다. 한쪽 길은 4미터 정도 되는 골목길로 폭이 8미터가량의 큰길과 대문 앞에서 마주치고 있었다.

"이 집입니다." 하면서 아주머니가 초인종을 누르자 집주인 아주머니가 나왔는데 같이 간 아주머니가 나를 소개하자 반갑게 맞아주었다. 집안으로 들어서는 순간 나는 놀라지 않을 수 없었다. 다름 아닌 2층 붉은 벽돌집이 아닌가. 문득 S 철학원 원장의 얼굴이 떠올랐다. 이 집이 그 원장이 말하는 나의 운명의 집인 것 같았다. 집안으로 들어가 건물 내부를 살펴보니 마음에 쏙 들었다. 다시 바깥으로 나와 집 구조를 살펴보자 대문은 8미터 도로변에 있고 건물은 한집 뒤에 있었다. 평수에 비해 이상하게 마당이 너르고 정원에는 비파, 석류, 목련, 동백나무 등 많은 나무들이 있었다. S 맨션 후문 쪽에 있는 집과는 가격이 비슷한데도 비교가 되지 않았다. 나는 흥분을 감추지 못하고 즉시 집사람을 데리고 가 보였더니 집사람도 역시 흡족해하였다.

그래서 1986년 6월에 그 집으로 이사하였다. 그런데 이사를 한 후 항상 대문이 조금만 넓었으면 하는 아쉬움을 가지고 있었는데, 1년 후인 1987년 옆집에서 집을 새로 짓는다며 지하를 다 파 갈 무렵 비가 많이 내리고 천둥 번개가 치던 어느 날 아침, 그 집과 경계를 하고 있던 18미터나 되는 담장이 벼락을 맞은 것처럼 "쾅!" 하고 그 집 지하로 무너져 동네 사람들이 모두 놀라서 밖으로 뛰어나왔다.

그 후 경계를 정하기 위하여 새로 측량을 하였을 때 또 한 번 놀랐다. 대문과 우리 집 쪽 담장 부근에 무려 16평의 국유지가 들어있지 않은가. 나는 바로 그 국유지를 사들였고 새로 담을 쌓게 되자 차가 집 안까지 들어오게 되었다. 나는 이 믿어지지 않는 일들이 너무나 신기하여 아직도 가끔 S 철학원 원장을 떠올리곤 한다.

이것이 보이지 않는 운명 때문일까?

🦉 동영상과 바이러스

누가 여행을 매력적인 유혹이라 했는가? 2012년 11월 하순, 서울로 시집간 큰 딸아이가 나의 생일파티를 해외여행을 가서 여는 게 좋겠다고 해서 3박 4일간 사이판으로 떠나게 되었다. 비행기에서 내려다본 사이판 섬은 광활한 코발트 빛 하늘과 에메랄드빛 바다 거기에 야자나무 등이 어우러져 과히 지상의 낙원 같았다. 열대지방이라 무척 더울 것이라는 생각은 기우였다. 입국 수속 후 천혜의 자연 속에 레저시설이 갖추어진 PIC 사이판 리조트호텔에 여장을 풀었다. 우리 가족은 그날 낮에는 레저시설의 워터파크에서 물놀이 등으로 여가를 즐기고, 밤에는 선선한 날씨 속에 풀 사이드에 위치한 부이바에서 스낵안주와 칵테일에 라이브 밴드의 공연을 보면서, 여유로운 시간을 보내며 각질화된 생활인으로부터의 신나는 탈출에 행복을 만끽했다.

다음 날 조식으로 마젤란레스토랑에서 한식을 곁들인 뷔페스타일의 식사를 하고, 룸에 돌아와서 TV를 켜자 한 채널에서 우리나라 KBS 뉴스와 연속극을 방영하여 새삼 반가웠다. 그로부터 돌아올 때까지 우리는 '사이판의 진주' 마나가하 섬, 2차 세계대전 중이던 1944년 미 해병대가 상륙작전을 감행하자, 일본군과 시민 등 수천 명이 만세를 외치며 절벽 아래로 투신자살했다는 만세절벽을 관광하였다. 아울러 당시 강제징용으로 남태평양에 끌려와 죽은 한국인들의 영령을 추모하기 위해 세운 한국인 위령탑, 바위 표면에 구멍이 나 있는 석회암의 섬으로 해질 무렵이면 하늘을 새까맣게 덮으며 새들이 보금자리를 찾는다는 새섬을 전망대에서 감상하고, 사이판 최대의 번화가인 가라판을 방문하여 DFS 갤러리아 쇼핑매장에서 마음에 드는 물건을 사기도 하였다.

그런데 그 중 가장 잊지 못하는 곳은 마나가하 섬으로 사이판에서 배로 약 15분 거리에 있다. 걸어서 25분이면 한 바퀴를 돌 수 있다는 작은 섬이지만, 해양스포츠 등을 즐길 수 있는 곳으로 우리가 도착했을 때는 속이 훤히 들여다보이는 맑은 바다는, 산호들의 군락으로 인한 검 푸른색, 코발트, 에메랄드, 비취 등 여러 색상을 띄고 있어 정말 오묘하였고 거기에 눈부신 백사장과 많은 열대지방 나무들이 어우러져 있었다. 우리는 거기서 스노클링, 수영, 일광욕 등을 즐겼는데 우리나라 관광객 이외에 일본, 중국 등 외국사람들도 많았다. 돌아오는 배에서 보니 모터보트와 연결한 낙하산을 타고 스릴을 느끼면서 하늘에서 아름다운 바다풍경을 감상하는 패러세일링을 즐기는 사람들도 있어, 마나가하 섬은 사이판의 진주가 틀림없었다.

사이판 여행 중 나의 생일파티는 우리가 떠나오던 날, PIC 사이판 마젤란레스토랑에서 이루어졌다. 우리 가족들이 미리 정해놓은 자리에 앉아서 아침 식사 채비를 하자 정각 8시에 하얀 상의의 예쁜 여자직원이 영어로 나의 이름과 생일축하 글자가 쓰여진 케이크를 손으로 받쳐 들고, 그 뒤에 필리핀 계통으로 보이는 자주색 상의의 또 다른 여자직원 1명과 남자직원 4명이 우리 자리에 와서는 손뼉을 치면서 「happy birthday to you」라는 생일축하 노래를 크게 불렀다. 그러자 아침 식사를 하던 많은 사람들이 부러운 시선을 우리에게 던졌고 같이 손뼉을 쳐 주는 사람도 있어 나의 생일파티 역시 성공적이었다. 이렇게 해서 즐거웠던 사이판 여행은 끝이 나고 이 모든 것들을 카메라에 담아왔다.

구청에서 주관하는 구민 정보화교육 강좌에 수강 신청을 하여 기초 한글 2007 과정 등을 마치고 내친김에 '실감 나는 동영상제작' 과정을 수강하게 되었다. 이 과정은 실제 생동감이 넘치고 수시로 숙제를 내어주기 때문에 집에서 복습을 하지 않으면 힘들다. 동영상 제작과정 중에 프로그램을 설치해야 하는 것이 있다. 오늘 저녁에도 프로그램 하나를 설치하지 못하여 애를 태우던 차에 마침 무료 다운로드라는 어느 사이트가 눈에 번쩍 띄어 시키는 대로 클릭을 하니 몇 번 만에 그 프로그램이 설치되는 것이 아닌가. 입가에 미소가 그려졌다. 하지만 잠시 후 결제대금 명세표라는 것이 뜨는데 한 달에 5,000원으로 1년을 가입해야 한다는 등 잡다한 내용들이 적혀있었다. 순간 이상한 생각이 들어 명세표를 삭제하려고 하였으나, 삭제되지 않았고 그 프로그램 역시 삭제가 불가능하였다. 덜컹 겁이 났다. 콜센터의 당직자가 연결되었다. 지금까지의 자초지종을 이야기하자, "바이러스에 감염된 것 같습니다. 컴퓨터를 강제로 계속 끄면 기기의 고장으로 더 큰 화를 입을 수 있으니 조심하셔야 합니다."라고 말하는 것이었다. 그래서 나는 내일 컴퓨터 수업이 있으니 가능한 빠른 시간에 전화해달라고 부탁하고는 조용히 컴퓨터를 꺼버렸다.

내가 컴퓨터를 배운다고 하였을 때, 가족들은 기초과정 정도로만 생각했던 모양이다. 하지만 동영상 제작과정까지 수강하고 있다는 것이 알려지자, 같은 부산으로 시집을 간 둘째 딸아이가 격려를 보내면서 지난번 사이판에서 담아온 사진으로, 동영상 CD를 만들어 달라고 졸라대며 그 사진들을 이메일 첨부 파일로 보내와서 컴퓨터의 내 문서에 저장해 두었다. 지난 4월, 은행을 비롯한 온 전산망이 해킹을 당했다고 연일 매스컴에 보도되고 있었다. 나는 그때 컴퓨터에 취미를 붙여 멋도 모르고 여기저기 여러 사이트에 접속했었다. 그런데 어느 날 아침, 컴퓨터를 켜자 마우스 포인터가 바탕화면 가운데서 꼼짝을 하지 않아 콜센터에 원격지원을 요청하자, 전원을 껐다가 다시 켜보라고 하여 두서너 번 시도해 보았으나 허사였다. 하는 수없이 무거운 컴퓨터를 들고 서비스센터로 달려갔다. 뜻밖에도 바이러스 때문이라며 기존 프로그램도 대부분 못 쓰게 되었다고 하여 새로 프로그램을 설치하였는데 또다시 바이러스라니 이게 말이 되는 소린가. 약속했던 동영상을 만들지 못하는 것은 아닐까? 그때의 악몽이 되살아날 것만 같았다.

결국, 바이러스 소동은 오후 늦게 출장기사가 와서야 잠재울 수 있었다. 다행히 파일 등도 손상을 입지 않았다. 우리의 일상생활은 컴퓨터와 불가분의 관계에 있다. 지금 위기의 순간을 모면하고 안도의 숨을 내쉬었지만, 앞으로 자주 부딪히지 말라는 법이 어디 있으며 다음에 멋진 가족 여행이 없으리란 법도 없지 않은가. 열심히 바이러스 퇴치기술도 배우고 동영상에 아름다운 추억도 담고 내 무뎌졌던 감성에도 촉을 틔워야겠다. 바이러스 때문에 소중한 추억이 한순간에 날아간다면 이 얼마나 슬픈 일인가.

올 한해도 벌써 절반이 지나가고 있다. 우리 주위에도 바이러스가 없는지 잘 살필 일이다.